Nの廻廊

ある友をめぐる
きれぎれの回想

保阪正康

講談社

Nの廻廊　ある友をめぐるきれぎれの回想

目次

Nの廻廊　5
あとがきにかえて　259

■昭和30年（1955）前後の札幌近郊地図

1

足駄《あしだ》から鼻緒と歯を抜いたかのような厚手の木板が、客車の扉に打ちつけてある。弁当箱程度の大きさだ。そこに書かれた墨文字はもう枯れてかすれている。それを僕は指でなぞっていきながら、初めて、「すすむさん」と話しかけた。

どういうふうに呼べばいいのか、前の日に従兄弟《いとこ》の竹沢暢恒《たけざわのぶつね》に確かめていたのだが、高校一年になったばかりの竹沢は、「僕はすすむと呼び捨てにするけれど……」と言った後に「やはり中学一年生は二年生に対しては、すすむさんというべきだよ」と付け加えたので、僕はそれに倣っていくぶん緊張して呼びかけたのだった。

蒸気機関車は六輛ほどの車輛を率いながら走っている。僕とすすむさんは最後尾の客車のデッキに立ちながら、木製の扉の前に身を寄せていた。通勤の大人たち数人がやはりデッキに立っていて、新聞を読んだり、タバコの煙を吐きだしたりしている。

誰も口をきかず、列車の揺れに身を任せていた。

「すすむさん」

と僕はもういちど呼びかけて、ある文字で指を止めた。

すすむさんは僕の指に視線を集中させながら、なにを聞きたいの、とばかりに口を動かした。吃音《どもり》なんだ、と僕はその口を見つめた。

「それ、不思議だよね」

と、すすむさんはゆっくりと言葉を切るように吐きだした。

「この字はいのちと読むのか、それともメイというのか、どちらなんでしょうか」

「これ、命令のメイだと思うよ。そうでないと意味が通らないよ」

僕は、すすむさんより少し身長が高かった。向き合うと視線の位置はほとんど同じで、すすむさんの言葉は一語一語切り取るように吐きだされてくる。そして僕の顔にあたる。かすれた「命」という文字について僕もそのとおりだと思った。そこで僕とすすむさんは、周囲の大人に聞こえないようにその一文を、声を揃えて読んだ。

「進駐軍の命により此処から日本人の入室を禁ず」

要はこの客車に敗戦国民は入ってはいけない、との意味であった。当時流行のことばでいう「オフリミット」である。日本人がこの扉を開けたら、注意されることになっていたのかもしれない。その後、進駐軍専用車輛には将兵が数人しか乗っていないのが常だと知った。僕とすすむさんは声を潜めて、これは日本が戦争に負けて、「アメ公」、進駐軍の連中が威張っているってことだよねと小声でささやきあった。このとき初めて僕は、「アメ公」という言葉にふれた。すすむさんはこっそりとこの語を教えてくれた。

僕はすすむさんと二人で初めて会話を交わした日を後々まで忘れることはなかった。昭和二十七年（一九五二）四月八日である。通学の二日目であった。僕は制服と制帽、そしてズックの手さげ鞄、靴も革靴を履いていた。いかにも新一年生という服装だったのだろう。

むろん私はそんなことはこまかくは覚えていない。後年になって、Nから「あのとき、保阪君は革靴を履いていたよな」と言われて驚いたのだ。

そうか、いかにも新一年生の身づくろいだったのだろう。母親がそういう人生の折り目のときに身づくろいに気をつかうタイプだった。Nはそんなところを見抜いたのかもしれなかった。

七日が、私が通うことになった中学校の入学式で、やはり越境通学していた竹沢が、私たちの乗る白石《しろいし》の隣の駅から同じ中学に通う兄弟がいるからと、私とともにいつもの列車に乗ってくれた。そして最後尾のデッキにいるN兄弟に紹介してくれた。従兄弟は毎日、二人とこのデッキで待ち合わせていたのである。従兄弟はこの年に高校に入り、これからはもう通学時間も異なるのでいっしょには通えない。そこでこんどは私が仲間になるのであった。

「戦争のとき、すすむさんはどこにいたの」

「初めは長万部《おしゃまんべ》さ。知っているか」

長万部という街のなかは知らないが、読みかたが不思議だったので覚えている。そう伝えると、すすむさんはそこから五歳のときにか、厚別《あつべつ》に引っ越してきたんだと、やはり言葉を一語ずつ吐きだした。

朝の七時二十分到着の通勤通学列車が札幌駅に着くと、すすむさんは僕の手を引かんばかりにして、このホームに着いたら階段を上がらずにすぐに改札口を出られるから、そこから駅舎を出て駅前の市電乗り場に行って待つんだとか、電車は22番に乗るんだよと、ていねいに教えてくれた。札幌駅はこのころ改装中であり、ホームから駅構内への道もわかりづらかった。

この日は僕とともに電車に乗り、僕らの通う中学校前までに、どういう停留所に止まるのか言葉をゆっくりと吐きながら伝えてくれた。会ったのは前日だというのに、こんなに親切にしてもらい、僕はこれから毎日、蒸気機関車に引かれる列車と緑色の電車を乗り継いでの越境通学が楽しみでもあった。すすむさんは、一年生の教室はこちらだぞと案内してくれた。僕は、「すすむさん、すすむさん」とその後を追いかけていった。

すすむさんは小柄な身体を敏捷に動かす。頭が大きくて、帽子は「かぶる」というより、「載せている」との表現がよく似合っていた。

すすむさんは最初、僕をどのように呼んでいいのか迷っていたようだったが、やがてごく自然に僕の姓を呼び捨てにするようになった。もっとも二人だけの会話のときは、できるだけ多くの言葉を発したかったこともあり、姓を呼ばずともしだいに意思は通じるようになった。僕も「すすむさん」と言わないで、いきなり会話を始めた。

従兄弟は二人に僕を紹介したときに、まったくよけいなことだったが、本を読むのが好きで人と交わるのがあまり得手でないと付け加えた。それがすすむさんには気に入ったようであった。

親戚で語られている僕の印象を語ったのにすぎなかったのに、すすむさんは、「どんな本を読むの」とたずねてきた。僕はちょうどそのとき、たまたま芥川龍之介《あくたがわりゅうのすけ》の「河童《かっぱ》」を読んでいたので、そう答えると、「中学一年で読むのは早いよ」とポツンと呟いた。そのときは吃音ではなかったのである。その呟きはメロディとなって僕の心に響いた。

そして翌日から、僕はすすむさんと例のデッキで会った。すすむさんの兄は、三年生なので、この日からひとつ前の列車ですでに学校に行っているというのであった。早くに学校で予習でもするんだろう、とすすむさんはやはり少し吃音になって言った。僕はそれまで、といっても小学校時代の友人しか知らないので、吃音の話しかたに接したことはなかった。長い会話の際は、すすむさんは吃音になるときとならないときがあることもわかった。

すすむさんは、白石からわざわざ札幌の南にある中学校まで蒸気機関車と市電を使って通学するのはどうしてか、と尋ねる。

「僕はなにも知らないんで……親がいうのでそうしたんです」

と答えると、小学校はどこか、とか親はどんな仕事をしているのか、と畳みかけてくる。そんなときのすすむさんの目を細めて話す表情に、同級生とは違う大人の片鱗がうかがえて、僕は身を正した。

「小学校は根室《ねむろ》なのか」

と、すすむさんは驚いた表情で呟いた。

「でも根室には六年生の二学期と三学期にいただけで、一年生から六年生の二学期まで八雲《やくも》にいたんです」

「なんだ、それなら長万部と近いじゃないか」

そんな話を続けているうちに列車は札幌駅に着き、こんどは駅前から市電で中学校まで向かうのである。

二日目もすすむさんは僕の案内役のように教室まで連れていってくれた。越境入学という言葉やそれが必ずしも正規の方法での通学でないことは、僕にもしだいにわかっていくのだが、それよりもすすむさんと会話ができることが楽しみでこの不正規な日常を過ごす勇気のようなものが与えられていく予感を感じた。

僕が十二歳と四ヵ月、そしてすすむさんは十三歳になって、まだ一ヵ月が過ぎたばかりのときであった。

2

こうして私とNはほとんど毎日、朝と学校が終わってからの帰宅の時間を共有することになった。一日の延べにすると一時間ほどになるのだが、私はこの時間が息抜きであり、雑談を通じて多くのことを教わった。その一つひとつが私の記憶の引き出しに入っていった。

知り合って間もないころであったが、Nから「前に芥川龍之介の『河童』を読んだと言っただろう。あんなの読んでわかったか」と聞かれたことがある。

「僕も読んでみたけれどわからん。でも、おもしろいよ」とNは続けた。私が背伸びをして書名をあげたことに気がついているようであった。

私は、芥川の本を全部読んでやろうと思っただけで、正直にいうとその内容はよく理解できなかった。だから、「生まれてくる前に、生まれてきたいかと母体のなかに電話をかけるように話しかけるところだけはおもしろかった」と言ったときに、「それだけだよな」と言ってくれたのはうれしかった。

「僕は、一人の作家を全部読むようにしたいんです」と言ったときに、Nは「では誰を読んだのか」と尋ねてきた。武者《む》小路《しゃのこうじ》実篤《さねあつ》の本は小学校の六年のときにほとんど読んだというと、Nはすぐに「あんなの青春小説って言うんだ。つまらんよ」と答えた。Nからは「そんなのつまらんよ」という言葉がよく口をついて出てきた。

子どもなら誰でも、一時的に収集癖をもつように思う。私には切手集めといった趣味はなかったが、新聞の題字を集めたり、少年用の文学全集を揃えたりするのが好きであった。

「じゃあ、今はなにを集めているのか」

と問われたことがあった。鞄のなかには、新聞に載っていた千秋楽を迎えたばかりの大相撲の十五日間の星取表があった。私は、北海道出身の吉葉山《よしばやま》のファンだったので、毎場所の星取表をノートに貼り付けていた。ここ一年か二年の星取表が貼ってあった。私はデッキの隅で誰にも見えないように、そのノートを取り出して、Nに見せた。

Nは、私がていねいに糊づけしたページを開いて、つまらなさそうに小声で呟いた。

「あのな、ああいう肉体の異様さというのは、精神が異様でなければ保てないんだぞ」

私はその意味がわからなかった。のちに思えば中学二年生が使う言葉ではなかったし、Nも誰かからの受け売りだったのだろうが、私がNの言った意味が正確にわかったのは、壮年期にまた友人関係が復活したときであった。ああいう肉体をつくるには、価値観が自分たちの日常と違うのだからつくれるんだ、その価値観はふつうの生活とは異なる、というのがその意見であった。


すすむさんはときどき、僕にはわからない表現を用いることがあった。

夏休みが始まるころ——だから知り合って三ヵ月が過ぎた時分になるのだが——つまり二人が気安く話せるようになっていたころであった。札幌駅はこの年の秋にまったく新しい形になるといわれ、日々、新築への槌音が激しかった。まもなく閉鎖になるという待合室の椅子に座って雑談しているときのことだ。このころの待合室は、担ぎ屋のおばさんたちが一つの塊になって声高に生活丸出しの会話を交わしていた。ときに下品な笑いがあった。すすむさんも僕もなぜかヘキエキする会話だったように思う。

担ぎ屋のおばさんたちは、田舎に行ってひそかに米とか野菜などを買ってきて、札幌の住宅地で売るというのが仕事であった。そんな一団のおばさんたちが、だいたいは戦争未亡人だということなど、僕らはむろん知らなかった。

そんな女性たちの塊をみながら、すすむさんは、いくぶん吃音になって、「人間とサルの違いを知っているか」と尋ねてきた。僕が知っているわけはない。しかし、この担ぎ屋のおばさんたちを冷やかしているのかと思った。どこかの本で読んだ知識で、「人間は毛が三本足りないのじゃないか、と思うけれど」と応じた。するとすすむさんは急に饒舌《じょうぜつ》になって——そういうとき、吃音はあまり起こらなかったのだ——、「それはだな」ともったいをつけて説明しだした。そういうときのすすむさんは、口をとがらせるようにして、身体を丸めて言葉を発する。

「人間とサルの違いはだな、生産手段をもっているかいないかだよ。生産手段っていうのは、鍬とか鎌とか、要するにモノを生産する道具ということだ。人間はそれを持つという点で他の動物とは違うんだ。人間なんかモノを作る力がなければ取るに足らない哺乳類なんだ。サルは生産手段をもたなかったから人類に後れをとったんだ」

僕には、すすむさんの言っていることがまったくわからなかった。生産手段という言葉さえ知らなかった。すすむさんは言葉を吐きだすときに、ときどき吸気と呼気が乱れることがあった。このときもそうだったように思う。僕はなんとも答えようがなく、ただ黙って頷くだけだった。

このときから四十年を経てか、二人が老年にさしかかったころに酒場の隅で雑談をしていたら、Nのほうからこの話題をもち出してきた。といっても、じつはそのずいぶん前に、Nさんの社会主義への目覚めは中学二年生ではなかったか、と言って私が水を向けたことがあった。

私がそう言うと、Nはすぐに否定した。そんな記憶はないけれどね、とはぐらかす。私はムキになって、生産手段という言葉の響きがなんだか急に大人の世界に入って行くように思ったので忘れられないのだよ、と反駁《はんばく》した。

そこまで言うなら、とNは焼酎を薄めたコップをテーブルに置き、「それはこういうことなんだ、きっと」と渋々と、そしてゆっくりと語りはじめた。

「あのときはさ、北教組《ほっきょうそ》のバリバリの教師がいたころでもあっただろう。社会主義がいかにすばらしいのか、中学生に説明してたよね。たぶんその日に教師からそんなアジテーションを受けて、ちょっと興奮したんだろうな、それでさっそく保阪くんに言ったんだよ。あのころあの中学も左翼バンザイの先生が多かったよ」

私も頷いた。その話を聞いて、中学生にそんな話をするのが良心的だと思っている教師もたしかにいたな、と思い出した。良い人、悪い人と分けて、戦争中の東條《とうじょう》英機《ひでき》や軍人は悪い人、良い人は徳田《とくだ》球一《きゅういち》などという教師はいたのである。

私はこの中学で友だちはできなかった。この中学にはだいたいが幌南《こうなん》地区の四つか五つの小学校の卒業生が進んでくる。私はといえば越境入学者、放課後すぐに電車に乗って、列車に乗り継いで自宅に帰る生徒である。家に帰り鞄を置くや、同級生たちや仲間と遊べるというわけではなかった。午後三時ごろに授業が終わると私は、市電の乗り場に立つ。Nもまたそうであったのだろう。札幌駅の饐《す》えた臭いのする待合室で、二人は示し合わせたわけではないのだが、ビロード張りの隅の緑色がもうその面影さえ残していない長椅子で会話を交わすのであった。

昭和二十七年（一九五二）四月、サンフランシスコ講和条約が発効することで日本は国際社会に復帰した。それで具体的にどう社会が変化するか、そんなことはむろん僕らにはわからなかったけれど、社会主義に関心をもつ教師が、僕らにその生齧りの思想をぶつけることは珍しくはなかった。

　ドキュメント映画の鑑賞もあった。たしか、ウォルト・ディズニーの動物たちの生態を追った映画などもあり、動物界の生存競争、弱肉強食を具体的に知ることができる映画だった。そういう鑑賞のあとに、ある教師が次のように言ったことがあった。

「あれをそのまま信じてはいけません。弱いものは食べられて当然、というのは、アメリカの考えかたで資本主義がそうなのです。人間も動物も仲よくしなければなりません」

　僕はすすむさんに告げ口でもするかのように、この話を伝えた。その教師の名を挙げて、「つまらん奴だよな」とささやきあった。

　僕は越境通学の特典は、友人はできないが本を読む時間があることと、すすむさんと会話を交わすことだとしだいに理解していった。

　すすむさんから生産手段という言葉を聞いて、僕はどんな本を読めばその意味が詳しくわかるのだろうと思った。中学校の図書室にはよく通った。僕はいつも一人だったから、どんな本を借りるかなどは自分で決めた。それで最近入った本の棚のなかから、『原爆の子』（岩波書店）を読むことにした。教育学者の長田《おさだ》新《あらた》が編集した、原爆を体験した少年少女の作文集である。のちに新藤兼人《しんどうかねと》監督、乙羽《おとわ》信子《のぶこ》主演で映画化されている。

　貸出コーナーにもっていくと、その日は国語の女性教師がカウンターにいて、「こういう本を読みたいのね」とささやいた。僕が頷くと、では待っていなさい、と言って書棚に向かい、もう一冊を『原爆の子』の上に積んだ。

「これも役立つわよ。勉強にもなるし――」

いまはもうその本のタイトルを忘れてしまったが、生徒用に社会の発展を説いている書だったように思う。

その日か、次の日か、僕が駅の待合室で本を読んでいると、『原爆の子』というタイトルを見て、すすむさんは「そういう本が好きなのか」と国語の女性教師のような質問をしてきた。

「アメリカもひどいことをするよなあ」

と、すすむさんは言った。同感だった。あの戦争が終わってまだ七年である。広島の原爆で自分と同じ年齢の子どもたちが、こんな思いをしているというのは、僕も腹が立った。その一方で、でもあの戦争は、日本が悪いんじゃないか、と僕は僕なりの考えを伝えた。そんなとき、僕はあまり上手な表現ができなくて、「東條は悪人だよね」という言いかたしかできなかった。

「日本もアメリカもどっちも悪いのさ。でも俺たちは日本人だしなあ、そう思わないか」

「思うけど……アメリカ人は怖いし」

「そうだよ。あのとき、保阪は泣きそうな顔をしていたな」

すすむさんは鞄を椅子に載せて、「こんな顔をしていたぞ」と指を使って泣き顔の表情を作り上げた。

「ＧＩは図体がでかいだけさ」

僕たちは笑い転げた。アメ公とかＧＩというのは、僕とすすむさんの間では、からかいの意味をもっていた。僕のなかに、すすむさんへの信頼が高まっていた。笑うことは、その少し前のできごとへの腹いせでもあったのだ。

その日、いつものように僕とすすむさんは札幌駅から中学の前まで市電に乗っていた。道庁前、市役所前、三越前、そしてすすきの、そこから右に回り西創成《にしそうせい》学校前、東本願寺前、と続いていくのだが、朝はラッシュで寿司詰めであった。僕とすすむさんは電車のなかほどで、会社づとめの大人たち、そして高校生や大学生に挟まれて電車の揺れに耐えていた。

すすきのからＧＩが二人、強引に乗ってきた。そのころの僕らにはわからなかったが、彼らはその種の女性と泊まっての帰りだったのだろう。真駒内《まこまない》に彼らのキャンプがあり、そこに帰っていくのだろう。二人は日本人より首ひとつ大きかった。混んでいる車中にもかかわらず車輛の奥に進んできた。誰もが道をあけた。僕はＧＩに挟まれるような状態になった。

彼らの目の下に僕がいて、中学の制帽が胸あたりに当たっていた。不意に一人が僕の帽子をとって、自分の頭に載せた。肉体的威圧、心理的恐怖、酒の臭い。僕は彼らがそばにいるだけで脅えがあり、どうしていいかわからず、「帽子を返してください」とも言えず、電車が揺れるたびに、僕は顔を伏せているだけだった。

ＧＩの頭に中学生の帽子が載っている。その光景に車内には軽いお追従《ついしょう》の笑いが広がった。僕はＧＩの陰にいるすすむさんを探した。

そのときすすむさんは意外な行動を起こしていた。
自分の鞄を体で抱え、ＧＩに必死に体当たりしていたのだ。電車は揺れるのでＧＩにはそんな体当たりは意識してのこととは思われなかったであろう。僕だけが知っていることであった。この人は信用できると、僕は泣きたい感情を抑えていた。泣きたくなったのは、そんなすすむさんの必死の形相がうれしかったからである。

理不尽なことには徹底して戦う、そういう性格はどうして形づくられていったのか、老いにさしかかる年齢のときにＮの述懐を聞いたことがある。それはのちに語ることにするが、その心中には太い幹が一本立っているといった表現がふさわしい。私はその幹にはからずも触れたことになるのだが、それは少年のころからすでにそういう性格をもちあわせていたといってもよかったのである。同時に現実を正面から見据えるというのが、Ｎの行動の原点にあったといってもよかった。

昭和二十七年といえば札幌は大都市ではない。人口三十万人を超える中都市であった。道内の函館《はこだて》や旭川《あさひかわ》、さらには小樽《おたる》などと比べてもそれほどの大規模な街ではなかった。札幌が大きく変わるのは昭和四十七年の冬季オリンピック以後である。
百貨店は三越とか丸井（丸井今井）、それに五番舘などがあり、三越の前には冨貴堂《ふうきどう》という大きな老舗の本屋が店を構えていた。越境入学者はときどき鞄をもってそういうデパートや書店に寄ることがあった。僕はたいてい「丸井さん」（と道民はいう）の六階にあるニュース映画専門の映画館に足を運んだ。料金は四円九十九銭である。噂では五円以上は税金がかかるからといわれていた。一年生の夏休み前はそんなところに出入りするのは不良だと思っていたが、しかし一度、すすむさんに連れられて入ってからは、一人でこっそりと見に行くようになった。アメリカのニュース映画や日本の映画会社の作るニュースが中心で、そういう折にアメリカ社会の姿が垣間見えた。

ほぼすべての家庭に自動車があり、電気製品で満たされた生活を楽しんでいるのがわかった。その豊かさが少年の目に、羨望とまでは言わないにしても、まぶしく思われた。こんなにも生活の水準が違う国と戦争をするなんて……と僕は思った。

すすむさんは、僕がそういう意見をたどたどしく口にすると、こう言った。

「負けてもいいから負けかたがあるよな」

僕は「汽車通学」をしていたせいか、同年代の友人より大人と話すほうが割に多かった。たとえば、道庁の役人とか北大に通っている近在の学生などが、すすむさんのいないときの話し相手だった。そういう大人たちでも、「負けかたがあるよな」などとは言わない。だいたいが、「日本は身のほど知らずでしたねえ」とか、「軍人がバカだったんですよ」という物言いであった。僕はそういうのが、この時代のもっともありふれた口ぶりであり、知恵だと知るようになっていた。だから、すすむさんの、「負けかたがあるよな」は僕にとって不思議な表現であった。

負けかたがあるよな、という言いかたは、戦争がいいとか悪いというのではなく、その戦いかたこそ問題だとの意味になる。逆にここからは勝ちかたもあるよな、という設問もでてくる。

そういう言いかたのなかに、デッキには私たちが重なり合うように乗っているのに、客車の入口には「進駐軍の命により」ここからは日本人入るべからずとの木札が打ちつけられても耐えなければいけない悔しさを自覚すべきだとの、N一流の応答があった。

僕が、すすむさんの抵抗精神が並大抵のものではないと知ったのは、一年生の夏休み前のことだった。

僕にはこの中学で嫌いな教師が二人いた。ひとりは三十代とおぼしき体育の男性教師S、もうひとりは音楽のKという五十代の女性教師であった。二人は多くの生徒に嫌われていたように思う。Sのふるまいに、僕はいつも憎しみの感情が湧いてくるのを抑えられなかった。

Kを理不尽だと思うのは、生徒をまるでおもちゃのように扱うことであった。いつも和服を着ていて生徒に嫌みを言い、ヒステリックな怒鳴り声をあげる。どういう経歴かは知らないが、戦前からどこかで軍国主義の音楽教育を続けていたのだろう。気まぐれなこの音楽教師に生徒たちは怯えていた。というより、どのように抵抗をすべきかを知らないから、怯える以外になかった。「ヒステリックで怖い」「いやな先生だ」という程度の不満しか言えない。僕もそうだった。

ピアノで和音を弾いて、ドミソなのか他の響きなのかと一人ずつ答えさせる。答えられなかったり、間違いを口にしたりすると、大声でどなる。挙げ句の果てに、オルガンもない家だね、と言ったりする。かと思えば目をかけている生徒には猫なで声になって、ご機嫌をとる。

ある時間に、生徒一人ひとりに、なにかおもしろいことをしろ、あるいはおもしろい話をして私を笑わせろ、と言い出した。生徒は前に出て、オカメのような顔をしたり、奇声を発したりする。内心では誰もが子ども心に傷ついたはずであった。

そういうときに僕たちのクラスのある生徒が、こんなことを聞きこんできた。

「二年生のクラスなんだけど、あの先生の授業で、前を見ずにずっと後ろを向いて座っていた生徒がいたんだって。すごいよなあ」

「誰だ、それ」と、瞬く間にヒーローのようにその話は拡がった。一学年にたしか八クラスほどあったから、それは学校中の噂になったのではなかったかと思う。僕自身は、そういう生徒になりきれない弱虫だと自己嫌悪のような感情をもった。

その名前は、と誰もがひそひそ話で探り合った。すすむさんの姓も語られていた。その響きを聞いた瞬間にうれしさが身体中を走った。すすむさんと丸井デパートでニュース映画を見て、札幌駅に向かって歩いているときに、僕は恐る恐る尋ねた。

「それはすすむさんだったんですか」

すすむさんは目を細めて、「そうだよ。生徒を舐めてるよな」と言い、「つまらない教師だよ。そう思わないか」と苛立たしい表情になった。僕はうなずいたけれど、そんな勇気はない、と口のなかでつぶやく以外になかった。

その音楽教師はヒステリックな叫びをあげて、すすむさんをなじったらしい。しかし、すすむさんも「うるせえ」とどなり返し、その授業のあいだ、前を向かなかったというのである。僕は日記をつけたりしないが、そのころのノートに、すすむさんはヒーローだと何度も書いた。

3

「緊張しますか。だって三十年以上も前になるんでしょう。保阪さんと同じようにNさんも相当緊張していると思いますよ。なにしろ、保阪さんのこと知らないというんですよ。あの人がそういう言いかたをするときはウラがあるんです。自分の弱みを知っているんじゃないかとかね」

ある出版社の編集者Aさんが、その社の喫茶室で私のこわばった表情をやわらげようとする。昭和六十一年（一九八六）の秋であった。

夕方の陽射しがさす喫茶室では編集者と作家連中が雑談を交わしたり、打ち合わせが放談の会になったりしている。そうか、三十二年前か。高校時代は、私は寄留《きりゅう》が認められずに札幌東高校に進んだため、通学の友人ではなくなったが、それでも街で出会うこともあった。「おう」と何度か立ち話もした。しかし胸襟を開いて話しあう時間はなかった。その後、Nは東大に進み、大学時代から有名人であった。全学連の指導者であったのだから、それからの動きはことあるごとに報じられている。六〇年安保闘争の指導者として、いくつかの罪名の裁判を受け、刑の判決には執行猶予がつき、その後大学に戻り、研究者の道を歩んだ。何冊かの著作を著し、しだいに保守の側の論客に名を連ねるようになっているのは知っていた。

私はと言えば、昭和四十七年に出版社を辞め、物書きの道に入り、ノンフィクションやドキュメントを書く側にいた。とくに志したわけではなかったが、昭和史に関心をもつようになり、その分野の書籍を何冊か刊行していた。たまたまある出版社の私の担当者AさんがNの担当となった。それを聞いて私は、「Nさんとは中学時代に二年ほど、毎日朝夕、いっしょに越境通学したんだ」と思い出を話した。

それがきっかけであった。Aさんは興味をもち、Nにもそれを伝えたというのである。

「最初、彼は、保阪なんて知らないというんですよ。でも話しているうちに思い出したと言い出してからは、彼はどんな思想の持ち主なの、とか、僕のこと、どう思っているのかな、と言い出したんです」

「Nさんは、昔の知り合いと会うのに神経質なほど慎重なんですよ。あれこれ批判する人もいますからね」

とAさんはその心中を解説した。私もそのことはよく理解できた。

夜の六時に新橋の料理屋で会うことになっている。Nは横浜国大から東大駒場の助教授に替わったばかりであった。その出版社の二人と私はタクシーで、麹町《こうじまち》から新橋に向かった。どんな話をすればいいか、最初になんと言おうか、私はAさんとの会話も上の空で考えていた。

品の良い明るい居酒屋であった。すでにNはテーブル席に座っていた。私もNも、「やあ、久しぶり」とさりげない挨拶でお互いの顔を確かめた。まだ四十代後半、Nの皮膚は生気にあふれている。

「お元気ですか」

「まあまあやってるよ」

「ご活躍、拝見しています」

「保阪君も活躍しているようだね」

と、さして疲れのない会話を交わしていると、二人の編集者は、「じつは、われわれはこれからある作家の出版パーティーに行かなければならないので、そこに参ります。また戻りますから、二人で存分に想い出話をしていてください」と座を外した。


他人を介在させない場の空気は、初めこそ堅苦しかったが、Nは私が政治セクトに属しているわけではなく、しかも特定の思想や宗教をもつ教条主義者でないことを見抜いたのか、すぐに心を開いた。

少し酒が入って、Nが、「さあ厚別と白石の再会だ。乾杯だ」と言い出したころには、二人のあいだの壁は取り払われていた。厚別は白石村の一部であり、ちょうど私たちが越境通学する直前に白石村は札幌市と合併したのである。国鉄の駅で言えば、Nの乗ってくる駅は厚別駅で、私の乗る駅は白石駅であった。厚別駅から白石駅まで蒸気機関車に率いられた列車はひたすら畑のなかを走って十分ほどかかる。

厚別と白石。

その言葉とアクセントを重ねているうちに私たちを隔てていた時間が一気に吹き飛んでしまっ

た。酔いがまわったサラリーマンのテーブルの喧騒とは別に、私たちの席はひたすら時間が三十年前に戻っていった。あわただしくである。お互いに言葉を先に発しようと焦った。Nの目を細める癖はあいかわらずだったが、吃音はまったく感じられなかった。

「吃音はいつ治ったの」

たぶんそんなことは誰も聞かないのだろう。しかしNは、苦笑いを浮かべて応じた。

「吃音治すために学生運動をやったんだよ」

そう言えば、昭和三十年代初め、高校生のときに、東京の親戚のところに二週間ほど滞在したことがあった。その折に国電に乗ると、白衣姿の傷痍《しょうい》軍人が募金箱をもって歩いていたり、突然青年が、「私はドモリを治すために人前で話す訓練をしています。申しわけありませんがお許しください」などと大声をあげて車中で演説を始めたりしていた。そんな光景を私が語ると、学生運動もその類だなとNは呟いた。私はうなずいた。

二人の編集者が戻ってくるまでの二時間余、私たちは大いに久闊を叙した。盃を傾けたが、双方それほど酒が強くないのもわかった。まもなく私は、Nとこれからつきあうとするなら、不文律があることに気づいたのだった。

それは「厚別と白石が原点」ということ、「学生運動には触れない」こと、そしてNの心中には常に「人はどこまで信用できるか」との問いがあり、それを尊重しなければならないことであった。Nの地肌は少年時代と変わってないことは、私にはわかった。店を出て新橋駅で別れを告げる際、「これからときどき会おうな」と言われたときに、この三つの不文律は守るよ、と私は密かに誓った。小声でも呟いた。

むろんNには聞こえないように呟いたのだが、編集者とは耳ざといもので、一人が「Nさんとの別れ際に不文律とかボソボソ言ってましたけれど、やはり幼な友だちといっても、なにかルールがあるということですね」と再会の労がうまくいったのか否かを案じていた。

Nの胸中には、なにかに怒っている感情があった。私はそれに気がつくと、Nもまた私の心中に隠されている不穏な思い出を嗅ぎとったかもしれないと思えた。

私たちは十四、五歳で別々の道を歩みはじめ、四十六、七歳のときまた出会った。そしてNが自裁死するまで、つきあうことになった。Nの心中に宿っている私との光景は、汚れた灰色の煙を吐き出しながら走ってくる蒸気機関車の列車の姿であり、そしてまだ古めかしい木造建築だった札幌駅の待合室の一角ではないかと、私は考えた。

あの鈍重な列車は、乗っていればほうぼう傷んでいるのがすぐにわかった。ブレーキの鈍い音が悲鳴のように響く。内地で使い古した列車を北海道にまわしてきているんだぜ、と大人たちは噂していた。私たちもそう信じた。そう信じていたことを確認したときに、二人がともに向かい合う「敵」というものが存在する空気ができあがっていることに気づかされた。

「北海道からの発信があるんだよね。そういうことも考えたい。せっかくこうしてまた出会ったんだから……」

Nのこの言葉には、私が考えている以上に深い意味があったと、私はのちに知らされた。

4

中学の一年生の秋だったと思う。札幌駅が新しい鉄筋コンクリートの駅に衣替えをし、そしてステーションデパートもできて開業するとのニュースが報じられているころだった。

いつものように三時五十分の下り列車に乗るために札幌駅に着くと、左側の広場に人だかりがしていた。それほど広いわけではなく、貨物の運搬の出入口といった広さであった。私も人だかりのなかに入りこみ覗きこむと、ひとりの女性が、歌を歌っている。

顔は白粉《おしろい》だらけ、赤色のフレアスカート姿。顔を左右に振りながら「〽娘十九はまだ純情よ……」から「〽笛にうかれて逆立ちすれば……」と、コロムビア・ローズや美空ひばりの歌を次々に歌う。たしかに歌いかたは巧みであった。美空ひばりの歌のときはスカートの両端を手でつまんだりする。手を胸のあたりに組んで、首を左に曲げて口を大きく開けて歌うのは、いまから思えばこの少しのちにデビューする松山恵子《まつやまけいこ》のようでもあった。

とにかく何曲も歌いつづける。しかし化粧がやはり少し妙である。口紅も濃い。挙動もふつうではない。要は少々頭がおかしいというべきであった。それに私も気がつくと、その女性の前に立つのは怖くなって隅のほうに寄って、距離を置いて見つめていた。

三、四曲を歌い終えると、彼女は自分が歌手と思っているのを打ち消すかのように、こんどはファンとしてその歌手に花束を渡す役になる。しかし受け取るべき本人はいない。彼女は花束をもらう役と渡す役を交互にくりかえす。その動作のくりかえしがおもしろいというので、列車待ちの人たちは笑うのである。

私もその動作が独楽《こま》がまわるようなので笑った。彼女はくるくるとまわるのに疲れて、そしてやがて座りこんだ。それがこの歌謡ショーの終わりであった。笑いと蔑みのような空気を残し、観客は離れていった。私はこのショーの終わりを見届けようと、座りこんでいる女性を、彼女の視界に入らないような位置からしばらく見つめていた。

人の波が離れたのに、Nもその女性を見つめていた。私と違って、Nは彼女の真正面に立っていた。私が近づくと頷いて、二人で改札口に向かった。そして岩見沢《いわみざわ》行きの列車のホームに立った。いちばん前の車輛に乗るのが私たちの決まりごとだった。

このときはいま見てきた光景を話した記憶はない。たぶん中学生には、

「頭がおかしいんだね」

「おもしろかったよな」

程度の会話しかできなかっただろう。しかしそんな会話も交わさないというのは、なにかを考えこんでいたからでもあった。私は、Nがあの女性を真正面から見つめている姿に、自分との性格の違いを感じていた。このころから青年期、私は真正面から見るのではなく、離れた場から恐る恐る見つめるタイプであった。

列車に乗っても、私たちは客車のなかに入ることはめったになかった。満員で大人たちに押しこまれていくとき、しかたなく入ることはあったが、そんなときはいつも気が滅入った。客車の

なかに入ると旅をしているようであったからだ。空いている列車では、いつもデッキに立っていた。私たちだけではなく、高校生や私立の中学に通っている生徒は、大半がデッキに立った。私たちの心理には、客車に入る旅行者となると、日常の生活から切り離されてしまうとの不安があったのだろう。

この女性の歌い手の光景は、Nにも衝撃を与えたようであった。これは壮年期から老年期にさしかかるころの会話なのだが、私が、「Nさん、札幌駅で歌手の真似をする女性がいたのを覚えていますか」と尋ねると、「覚えているよ」と言ったあと、「ショックだったですよね」という私のうながしにこう答えた。

「そう言えばそうだけど、自分と他人の関係を考えるヒントにはなったな。二役をやろうとするあの女性は精神医学の領域だろうけど、もっとさ、哲学的な意味を考えるきっかけにはなるよ」

なるほど、と私は思った。でも私が驚いたのは、Nがあの女性を真正面から見つめていた、その意志だったと告げると、意外にはにかみの表情を浮かべた。私が大人の陰から恐る恐る覗くというタイプなら、Nはけっして逃げないで前から見つめるタイプだったことに感服したと言うと、Nはこう付け加えた。

「そのためによけいな回り道をするんだろうな」

僕たちは朝、列車で札幌駅に向かうときにはいつも最後尾の車輛のデッキに乗った。そこに乗ることが待ち合わせでもあった。夕方前の帰りの列車では最前列の車輛に乗るのが決まりであった。すすむさんの兄も三年におり、ときに僕らといっしょになった。すすむさんの兄は、名前の一字に僕とおなじ「正」の字が入っていた。僕はその兄には「Nさん」と呼んだ。三年生から話しかけられると、僕は緊張して言葉がきれいになった。もともと僕は乱暴な言葉や雑な言いかたはしなかった。それは母親が乱暴な言葉をつかうと厳しく注意するからで、母親から叱られるのが面倒だからであった。「そうだべさ」というような言葉づかいは、そういえば僕もすすむさんもめったに口にはしなかった。

すすむさんの兄から話しかけられると、僕は「はい」とか「いいえ」という言葉の次がなかなか出てこなかった。「竹沢さんは元気か」と従兄の名を言われると、僕は「はい、元気です」と答える。そして高校一年のその従兄がすすむさん兄弟と三人でその中学に越境通学していたときを想像した。

従兄は勉強ばかりの日々を楽しむタイプであった。むろんすすむさん兄弟も成績がよかった。僕はといえば二年の終わりころまでは成績は悪くなかった。しかし音楽と体育の教師にはしだいに生理的な反発を感じて、その二つは極端に成績が振るわなかった。主要五科目こそ上位にいても八科目になると順位は落ちた。当時は国語・数学・英語・理科・社会に音楽・保健体育・図画工作の三教科が加わっての八教科であった。従兄から成績順を聞かれるのが、僕はいつも不愉快だった。

その中学では、試験のたびに成績順に名前を張りだすのである。従兄もN兄弟も四百人余のなかでそれこそ十番とか二十番以内であったのだろう。僕は五教科ならそれなりに上位にいることはあっても、音楽などが加わるとかなり落ちた。

二年生になったころだったか、すすむさんから、「こんどは何番だったか」と聞かれた。五教科だけのときであった。僕が、「順番なんか言いたくない」と知らぬふりをすると、「見たよ。十四番だったろう」と言われた。

なんだ、すすむさんはこっそりと二年生のクラスに来て見ているのか、と僕は気が滅入った。

僕は越境通学をしていることに、しだいに引け目を感じるようになった。その引け目が教師への無用に脅えてゆく感情と結びつくのを自覚していくたびに、もう地元の中学にかわらせてほしいと遠まわしに母親に頼むこともあった。その反面、すすむさんと通えるなら我慢しようとも思った。

友だちができないこと、列車と電車で通うことに疲れもあった。僕はひとりでいることはまったくかまわないのだが、教師のなかにそういう生徒に嫌がらせをおこなう者もいることを肌で感じるようになった。そういう教師の生徒をいたぶるような視線に、僕はほとほと嫌気がさしたのである。すすむさんにもそのような感情があったと思う。

教師のなかには、寄留をして通学することは教育を受ける権利の濫用、エゴイズムだと考える者がいるのだろう。彼らの論理による「報復」を受けている苦痛を感じることがあった。同時にそういうタイプの教師は国語とか数学、英語といった主要科目の担当ではないことに、やがて僕は気がついた。

しかしそんな苦痛は、僕は家に帰っても両親には話さなかったし、従兄にも話さなかった。ただ僕の心中にひそかに溜めていた。

体育教師のSは、僕だけでなく多くの生徒に理不尽な態度を取っていた。この中学には僕らの他にも越境入学をしている者がいたと思う。たぶん彼らもSの憎しみの対象になっていただろう。僕が、この教師を「つまらん奴だよ」と笑い飛ばし、逆らうなら露骨に――すすむさんのように――というタイプなら憂さも晴れただろうが、僕はそういうこともできない弱虫であった。

同じ学年の全クラスが集まっての体育授業であった。校内の運動場には四百人余の生徒が集まっていたのだが、当然ながら一度や二度のSの注意で静かにはならない。何度めかの大声の注意でも騒がしかった。僕はこんなとき騒ぐタイプではない。内気なほうだから親しく話をする相手とていない。

Sは怒鳴り声をあげ、僕の隣のクラスの二、三人の騒がしい連中もおとなしくなった。するとSは全員に座るように命じて、ゆっくりと僕の周囲の方向に歩いてきた。全生徒はそのグループを叱るだろうと思っている。僕もそうであった。

しかしSは、僕の前に立って起立の指示をする。僕はしかたなく立ち上がった。僕ひとりである。なにがなんだかわからない。

「あれだけ注意しても騒いでいる。こういう生徒はどうするか。もう学校に来なくてもいいと言おうか。みんなどうする?」

僕は間違われているんだ、とやっと気がついた。「僕じゃありません」と抗弁しても聞き入れない。生徒たちは一様に黙っている。僕の周辺の同級生は不思議そうに、僕を見つめていた。

Sは壇上に戻った。僕は騒いでいた連中を恨みがましく見たのだが、彼らのほうがうつむいていた。「もう学校に来なくてもいい」という言葉に震えがきた。僕は涙を意識したが、けっして泣くまいとこらえた。この教師にはもう一度、満座のなかで、僕ではないのに他人と間違われて——やはり意図的にだろう——注意された。この教師は別な折に生徒をなぐったと問題にもなったが、その生徒も越境入学だったと知って、僕はなぜか合点がいった。この教師は従兄弟の担任でもあったのだが、「村長」と満座のなかでからかわれたと洩らしていたのを思いだした。従兄弟の父親は、旭川師範の教授を退官して、ある村の村長に就いていたのである。

すすむさんに当然、この教師への怒りをぶちまけた。

「つまらん男だよ。われわれに腹いせをしているんだ。越境入学の生徒が不愉快なら、親に言えっていうことだよな」

すすむさんは例によって断言した。そして、保阪はどこに寄留しているのか、と初めてそれぞれの個人的な事情を確かめあうことになった。

僕は寄留という言葉などまったく知らなかった。ただ中学で友だちができると、どこに住んでいるの、とか、こんど遊びにおいでよ、などという会話はあたりまえだった。そう聞かれるたびに、僕は、どう答えていいのか、わからなかった。

白石だよ、と言うと、なぜそんなところから通ってくるの、と尋ねられる。母親の兄一家が住んでいる番地（それが僕の寄留地なのだが）を言えば、実際に遊びに来られたら、僕は住んでいないのだから伯父、伯母にも迷惑をかけてしまう。

僕は月に一回、学校帰りに伯父の家に行って、郵便物や学校からの通達などを受け取っていた。あるとき、伯母が「そういえば同級生が、保阪君を誘いにきました、と訪ねてきたことがあったわよ」と言う。名前を聞くとクラスの成績のいい同級生二、三人が、友だちになりたいと訪ねてきたようだった。僕もその同級生たちと親しくなりたかった。しかし彼らは、僕がそこに住んでいないと知って自然に疎遠になった。

僕はそんな話を、言葉を口に止めたり出したりしながら吐きだした。札幌駅の待合室である。すすむさんは頷きながら聞いていたが、

「寄留というのはよくあることらしいぞ。さしあたり住所はいちおう決めておいて、実際に住むところは別ということなんか不思議じゃない。僕らもそりゃ地元の中学に通えばいいっていうことになるけれど、親からすれば札幌なら旧制一中の流れに入れたいんだろう。それに応えるかどうかは僕らの問題だ。そうだろう」

と割り切った口調で返してきた。そして、僕の親父は一中の中退なんだ、だから息子をそこに入れたいんだろう、とも付け加えた。

「保阪の両親は、なんで寄留してこの中学に通わせたんだい」

「僕はよく知らないんです。白石に移ってきて母からこの中学に行きなさい、と言われただけだ

し……」

「お父さんは先生だろう。いま白石じゃないんだろう」

「高校の数学の先生で、いまは根室の高校にいるからあまり会えない」

「では寂しいだろ。親はやはりこの地域の高校より昔の一中に入れたいんだよな。竹沢さんもそうだったんだろう」

僕は親がなぜ地元の中学ではなく、寄留までさせて通わせるのか、しだいにわかってきた。僕が寄留している母の兄、つまり僕の伯父は北海道大学医学部の細菌学の教授であった。母の兄弟は医者か医学の研究者だった。それこそ誰もが一中すなわち旧制札幌第一中学校（現北海道札幌南高等学校）を卒業していた。僕に医者になるような包囲網ができていたのである。

「医者にさせようというんだな。そんなら小説ばかり読んでいたらダメだろう。医者や先生の子はたいへんだな。親に命令されるんだものな」

「僕は僕であって、自分のやりたいように生きていくんです。親や一族のアクセサリーじゃないし、言いなりになどならない」

と僕は語気を強めた。

すすむさんが三年生で、僕は二年生なのだが、僕たちも少しずつ自分の将来やどういう方向に進むかを考えはじめていた。僕はすすむさんにだけこっそりと小説家になりたいんだと洩らしたことがある。すすむさんも、自分もそうだよと言ったが、それは本心か僕に合わせたのかはわからなかった。

すすむさんと、親や兄弟の話を詳しく交わすようになったのは、知り合って一年以上も経ってからだったように思う。すすむさんの吃音は、僕と話すときはそれほどわからない。僕の母親は、吃音は真似されるとひどくなるから、けっしてそんなことをしてはいけないと言っていたが、僕は会話のコツがわかったから、すすむさんが吃音になるときも黙って聞く態度を崩さなかった。

「いちばん下の弟はいま、何歳なの」

とすすむさんは、僕の下に二人の弟がいて、妹は一人だと知るとすぐに尋ねてきた。

「八歳違いだから五歳かな。まだ小学校にもいってない」

すすむさんには下に四人の妹がいるというのである。いちばん下はまだ三、四歳だそうだ。学校から帰ったら遊んでやるんだ、と言うのを聞いて、列車のデッキの端で、僕も遊んでやるんだ、と応じた。すすむさんはしきりに妹の、それもすぐ下の三歳ほど離れている妹の話をする。列車が白石駅に着いて降りるときに、「弟や妹とは遊んだほうがいいよな。面倒を見ろよ」といつもとは違う口調だったような気がした。それが気にかかった。

すすむさんが、父親は「もともとは坊主」だと言ったときに、僕は「お坊さんですか」と聞きかえした。すすむさんは頷いた。僕はお坊さんというのがどんな仕事をするのか知らなかったが、すすむさんもお経が少しは読めると知って驚いた。

「では、すすむさんもお坊さんになるんですね」

「いや、ならないと思う。お寺があるわけではないから……それに坊主の世界もたいへんらしいし」

すすむさんに、僧侶のイメージがはっきりと加わるようになったのはその後のことであった。僕は僧侶の姿が、すすむさんにかぶさったことをよく覚えていた。あえていうのなら、昭和三十四年（一九五九）だったか、六月に東大で学生運動の指導者が無期停学処分——緑会事件といったろうか——を受け、暮れには逮捕されるに至る一連のできごとのなかで、抗議デモの先頭に立って歩いているすすむさんの写真が新聞に掲載されたときだ。

すすむさんの学生服姿は、他の学生と違って、求道者か修行僧のように見えた。このころ僕は京都の私立大学に在学していて、すすむさんとはまったく交際は途絶えていた。東大に進んだとは聞いていたが、とうとう学生運動の道に入ったのか、と僕は案じた。

案じた、というのは、僕はすすむさんとの通学の日々で学生運動の話を交わしたことがあったからだ。その会話の一つひとつが、僕の記憶の底に眠っていたのである。自分たちの兄弟の話と昭和二十年代の学生運動の話は、僕たちがより親しくなっていくきっかけでもあったように思う。もう冬も近づき、家の軒先では雪虫が乱舞しているころ、僕たちは小声で、大人に聞かれたくない会話をやはりデッキで交わしていたのである。

5

白石には母の実家があり、母と僕ら子ども四人と、そして祖父母とで暮らしていた。もともと祖母の家系は広島で漢方医だった。

維新後、その一家は明治十年代なかばに、札幌に近い江別《えべつ》に屯田兵《とんでんへい》として入った。といっても祖母はまだ二、三歳で、入植の記憶はなかった。漢方医だから広島から入植した士族の健康状態を診るのが役目だったが、つまりは明治時代の地域医療を担わされた。祖母はそういう家庭で乳母日傘《おんばひがさ》で育った。

毎日、午後三時には、従者が手綱を引く馬に乗って散歩するのが習わしだった。

その姿にある男性が目をとめた。なんとしても嫁にしたいと心に決めたのだ。この男は加賀藩前田家の下級武士の三男だか四男だった。もはや主家の禄を食む時代は終わり、さてというので明治三十年代に北海道で一旗あげようとやってきたのである。才覚があったのだろう。石狩川《いしかりがわ》の川沿いに山に入り、樹木を切り倒し、そして石狩川から江別にまで流し、パルプ工場に入れるという仕事を形づくった。その男が乳母日傘の女性に熱をあげたのである。

そこでこの男のとった行動が凄まじい。馬上の女性を認めるや従者の前に寝転び、捨て身でその行く手を止めたのだ。従者には殴られる。しかし寝転んだままである。要するにこの女性の家に連れて行き、親に会わせろというのであった。それから以後のことは、むろん僕もよくは知らない。この男はよく働く、人の使いかたもうまい、といったところが気に入られたらしい。とうとう結婚に行き着いた。

こんな話は、母親たちの雑談のなかから僕が理解したことであった。僕はこの祖父が好きだった。厳しく叱る反面、馬を飼っていたのでよく乗せてもらった。僕が祖父のことをしばしば口にするので、すすむさんも自分の父親や母親について話すことがあった。

この祖父と祖母のあいだに十人の子どもが生まれ、その子どもたちに大学教育を受けさせて、みなそれなりに社会的に成功したのは、祖母のおかげだということも僕は知っていた。祖母は怠けることを嫌い、子どもに勉強させる雰囲気を作るのにも長けていた。

僕が問われるままにそんな話をするたびに、すすむさんは「母親や妹のために僕らも勉強をするんだよな」と言ったりした。僕たちには、祖母や母親、そして妹たちの庇護者の心情がごくあたりまえに育っていた。

母親の実家は江別の郊外に相当広い土地を所有していたようであった。戦争末期、そこに陸軍が飛行場を作ることになり、昭和十九年（一九四四）に代替地として白石村に土地が与えられ、引っ越してきたというのであった。

もし越境入学しなかったら、すすむさんは厚別の信濃《しなの》中学に進み、僕は白石中学だったわけだ、そんなことも話した記憶があった。僕が、「ここを白石というのは宮城県の白石の人が来て、開いたかららしい」と話しても、すすむさんは土地にさして愛着を感じている口ぶりではなかった。「厚別はな、長野の人が開いたらしいよ。厚別にあるのに小学校は信濃小学校っていうし、中学も信濃中学。信濃という名にこだわっているんだからおかしいよ」と、すすむさんは口をとがらせた。

白石の母の実家には、時おり母の九番目と十番目の弟が帰ってきた。二人とも次の日は僕と同じ列車に乗って、札幌の勤務先や大学の研究室に行くのだが、僕が同行することは最後尾に乗るという意味にもなった。十番目の弟、つまり母の兄弟の末っ子にあたる僕の叔父と僕はすすむさんと、ときにはすすむさんの兄とも会話を交わすこともあった。叔父たちと乗るときは、車輛のなかへ入って行く。しかたなくすすむさんもデッキから車内に入るのである。この叔父は製薬会社の北海道支社の研究員であった。

「甥の正康をよろしくね。この子は少し気が弱いのと、あまり話さないほうだと思うけれどいろいろ教えてやってほしい」

などといかにも身内といった感じで、すすむさんに話しかける。

「君、名前は」とか「どこから乗るの」などの質問を糸口に、この叔父はすすむさんが吃音だと気がついたらしく、ゆっくりとあわてずに、と促して会話を進めた。

その日の帰りか、それとも別の日にか「あのおじさんは、いろいろいい質問をするね。僕の周辺にはいないタイプだ。なにをしているのか」とすすむさんは興味を示してきた。僕はこれも母親たち兄弟姉妹が話していることを、聞いていた範囲で答えることにした。

「すすむさん。反いるず闘争って知っている?」

「ハンイルズトーソーってなんだ、それ」

「僕もよく知らない」

「なんだろうな。それがどうしたんだ」

「母親たちが話していたことだけど……」

そういって僕の知るかぎりの単語を並べて説明した。それは次のような内容であった。

——戦後、叔父は北大理学部に籍を置いていたのだが、理学部の自治会の委員長を務めた。アメリカをはじめとする連合国の占領期であった。叔父が共産党に入党したのか否かは知らないが、祖父はアカになったと激昂したそうだ。その叔父が「反いるず闘争」のときに、大学側となにやらいろいろと交渉したらしい。学生の前に出てきた教授のひとりが、母親の遠縁にあたる人物だった。教授たちが、話がつかないと講壇から下りて出て行こうとしたとき、叔父はその足にしがみついて、逃げるな、と叫んだそうである。昭和二十四、五年のころだという。その教授は「足にしがみつかれて困ったよ」と母親に愚痴ったとか。

すすむさんはじっと聞いていたが、関心をもったようであった。それから幾日かしてこう説明してくれた。

「あれはな、反、イールズ、闘争というんだ。兄貴がしらべてくれたよ。僕も親戚の者に聞いた。おもしろいおじさんだな」

「…………」

「おじさんの部屋には、本が山積みになっているだろう——」

そういえばいろんな本が並んでいたな、と思い至った。僕がこっそりと覗いてひそかにもちだしたのは、漢籍の書とか『トム爺やの小屋《アンクル・トムズ・ケビン》』などの外国文学の書だった。でも、探せばアカの本もあるのかもしれないとも思った。

すすむさんは、僕が『原爆の子』を学校の図書室から借りて読んでいるのを見て、僕のなかに社会の動きや政治のニュースに関心をもつ気質があるのを知ったせいか、そういう話を仕向けてくることがあった。

ともあれ叔父はそういう運動から離れて、研究者の道へ入ったようであった。すすむさんは、こういう話に関心があるんだと、僕は感じた。


ウォルター・クロスビー・イールズはGHQの民間情報教育局（CIE）の顧問である。昭和二十四年七月の新潟大学を最初に、イールズは「大学から共産主義教授を排除すべし」との演説を各所でおこなった。実際にいくつかの大学では「アカ教授」への退職勧告がなされ、小学校や中学、高校でも教職員に対するレッド・パージの嵐が吹き荒れた。

こうした動きに反対する闘争が大学生のあいだで広がり、そのなかに叔父もいたわけだった。しかし、そんなことを知るのは自分が昭和史の研究を生涯のテーマとするのちのことで、私はなにもわからぬまま、Nの話にただ頷いていたのだった。

Nはのちに自分の少年期をふりかえっての回想録を著したが、そこに書いているなかにいくつかの事実誤認や言い換えがあるのが、私にはわかった。たとえば自分は不良だったとか、社会科学の本など読んだことはなかったというのは、明らかにNの子どもじみた照れ隠しと言っていい。不良の意味をどう捉えるかにもよるが、世間一般でいう不良などではない。しかし、私もそうだが、なにかに怒っている感情はあった。

Nは、登下校のときの実に些細なことも見のがさず、記憶していた。私も多くのことを記憶しているとの自信があったが、私がNの話した内容や光景を忘れなかったのに対して、Nのほうは見た事柄の全体的な枠組みと、そして意外なことに肉親愛や家族の結びつきを刻みこんでいるのであった。

6

私がNと三十二年ぶりに再会して最初に気づいたのは、少年時代と変わらぬ目を細める癖であり、それが私の安堵にもつながった。たしかに吃音は治っていたが、やはり慌てて話したり、怒りが高まったりしての発言には、吃音の名ごりのような上ずった口ぶりがあった。

その後、ときどき電話がかかってきて、応対しているうちに、「こんど一杯飲もう」との流れになった。編集者も入れずに二人だけでどうか、というのであった。私に異存はなかった。

昭和六十一年（一九八六）の秋の一日だったと思うが、新宿の洋酒バーと居酒屋をまわり、夕方の六時ごろから十一時過ぎまで二人で話し合うことになった。私は酒を飲むほうではない。チビチビと口を濡らす程度であった。Nも本来は酒好きではないのだろうが、酒の席が好きなことはすぐにわかった。

初めは、東大で教えるのは疲れますでしょう、とか、今はなにを書いているの、といった具合に当たり障りのない会話だったのに、私が、「Nさんに会ったら一度は聞かなければいけないし、聞かずにいるのは失礼だし」と奥歯に物が挟まったような言いまわしをした刹那、Nもすぐに察して「わかる。でも一度だけだね」と応じた。

それはわれわれの時代の学生運動についてであった。私は六〇年安保の世代だし、彼はその主導者であった。

六〇年安保から二十六年後になるのだが、私は講談社の現代新書編集部の責任者だった鷲尾《わしお》賢也《けんや》や担当編集者の阿部《あべ》英雄《ひでお》ら同世代の者に勧められて、『六〇年安保闘争』という新書を書いたことがあった。Nも同じころに『六〇年安保――センチメンタル・ジャーニー』という書を出していたように思う。

「保阪君の本、読んだよ」とNは言った。拙著は当時の社会の全体像を描こうとするもので、運動そのものの内部について深く立ち入って書いたわけではなかったが、むろんNはそのことについては賢明だったと思うよ、という言いかたをしたのであった。

週末の居酒屋、といっても酒も料理も相応の支払いが必要な店だったので、客はそれほど多くはない。バブルの時代だといっても、新宿通りに面したこの店は大声で騒ぎ立てるようなお客はいない。Nの指定した店であった。

「ここは東大の先生が多いの?」

「こういうところじゃないよ。彼らは渋谷だろう。もっとも駒場の連中だけどね」

そんな会話の後だった。

「学生運動をやったのは、東大に入ったら必ずそうするって、札幌時代から決めていたんだ。保阪君の叔父さんのこと、まだ覚えているよ。北大で反イールズ闘争の闘士だったんだろう。教授たちの足にしがみついて、逃げるなって叫んだ話、おもしろかったよ」

「えっ、札幌時代からもう決めていたの！　高校時代からヤル気でいたんですか」

「まあ聞いてよ」

と言って、Nはその経緯を話しはじめた。

「唐牛健太郎《かろうじけんたろう》って知っているだろう」

私は頷いた。

「僕は高校を出た後に一年間浪人していたんだ。兄貴は北大に入ってすぐのころだったわけだけど、ある日、唐牛が家に訪ねてきたんだな。むろん僕は唐牛なんて知らないし、向こうだって僕のことは知らないよ。隣の部屋で兄貴と唐牛がヒソヒソと話しているんだ。広い家じゃないし、こっちは障子越しに聞き耳を立てていたわけだ。

唐牛が、教養部の自治会の委員長になれよと、兄貴を説得しているんだ。唐牛の声だけが聞こえてくる。兄貴はといえば、引き受けたいとの思いもあったんじゃないかな。しかし黙っていたよ、兄貴は。

しばらくして兄貴が言うんだ。僕には委員長はできない。下に弟がいて浪人中だし、妹が四人いる。親父もお袋もたいへんなんだ。僕は早く大学を卒業して、社会に出て家の経済を助けなきゃいけない。そんな事情があるんだから、自治会の委員長なんかやっているときじゃないんだ……って」

Nはそういう裏側の事情を感情を交えずに話す。「それで僕は、よし、東大にいったら兄貴に代わって学生運動をやると決めたんだ」と、ため息をつくかのように漏《も》らした。

Nの兄は温厚で、弟のようないつも戦闘態勢にあるタイプではなかった。兄に代わって学生運動をやると決めたことは、誰にでも語ったわけではないだろう。Nの心情の底にある兄に対する強い畏敬の念と、それを実らせたいとの思い。それを知って、私は不意に涙がこぼれそうになった。

「Nさんは唐牛さんとこんどは全学連執行部で親しくなるんだから、世のなかは不思議ですよね。こうして話していると思い出すんですが、僕も唐牛さんとは札幌で会ったことがあるんですよ」

「あいつとは、僕は親友のようになったけれど、あいつから保阪君の名前が出てきたことはないぞ。どういう関係なんだ?」

こんどは私が説明する番であった。私とNはこうして自分の世界を互いに伝えていくようになった。

「僕は、すすむさんと同じ高校に行きたかったんです。そのために寄留してあの中学校に行ったんですからね。ところが願書を出すときに、待ったがかかったんですよ。

僕は父親の根室の住所にいるはずなのに、白石の母の実家にいる。それどころかさらに札幌の伯父の家に住んでいることになっている。要するに寄留が二重になっているわけです。本来なら親父の住所の地域の高校に行くのが第一、白石の通学区域の高校に行くのが第二、そして伯父の家のあるエリアの高校に行くのが第三と言われてもしかたない。

要するにややこしい上に、寄留も多いあの中学では、僕のような生徒は目をつけられたんだと思う。けっきょくそれで白石の通学区域の高校に行くよう言われたんですよ」

むろん入学した高校も、勉強する生徒は多かった。しかし、この高校に進んで困ったのは、知り合いがまったくいないことであった。同じ中学からは四、五人がいたのであろうが、話したこともない連中だった。しかし私にはこれは僥倖でもあった。一人で過ごせたからだ。

こんな話ができるのは、Nくらいだったのである。それで私は続けた。

「それで唐牛さんなんだけれど……。僕は、勉強はまったくしないで、片意地な生きかたをしていた。学校にも行かずに家にいたり、映画を観に行ったり……やっかいな生徒でした。でも本だけは読んだんです。小説や評論なんかですけれど。そのうち脚本に興味をもった。よし、将来は脚本を書く者、シナリオライターになるぞって決めたんです」

Nは、焼酎を口にしながら頷いていたが、不意に声を上げた。

「そうか、わかった。あいつは映画監督になりたいとかシナリオを書いてみたいと言っていたことがあったよ」

それですよ、それ、と私も頷いた。

シナリオや脚本の類はどうやって書くのか……。私は高校三年のとき、勉強もしないでそんなことばかり考えていた。表面上は旺文社の『螢雪時代』を買っていたが、それよりも日本シナリオ作家協会の出している月刊『シナリオ』などを熱心に読んでいた。思えば愚かな生きかたであった。

それはともかく夏休み前のこと、北海道新聞のサークル案内の欄に、「札幌シナリオ研究会の会員募集」と出ていた。私はさっそくその集まりに行ってみた。北大の近くの喫茶店だったように思う。

なんのことはない、北大生が四、五人と、教師とか女性事務員など七、八人の会合であった。月に二回ほど集まっては、シナリオの書きかたなどを話し合うのである。

何回か出入りしているうちに、その会をまとめている北大生の下宿に行って、数人で政治談義や人生論を交わすようになった。

「君は高校生だろう、勉強しなくていいのか」

当然のことながら彼らは助言する。私はいつも適当に返事をして、彼らの会話を聞いているほうが多かった。吸うか、と誘う大学生からもらったタバコを、私は咳きこんで吸うのだが、匂いがつくのが怖いので火をつけてもらっては、すぐに消した。

マルクスだとかサルトルだとか、ときには社会主義リアリズムや「戦艦ポチョムキン」のエイゼンシュテインの脚本がどうだとか、話は広がった。そんな話を聞いているうちに、私はどういう本を読めばいいのかがわかるようになった。

喫茶店の会合には顔を出さなかったが、まとめ役の学生の下宿に顔を出していたのが、唐牛健太郎だった。彼は映画の話よりも、政治の話が好きだったように思う。「岸内閣の反動性はひどいものがある。こんな内閣は打倒すべきなんだ」などと北大生の仲間たちを説得していた。

唐牛とは二、三回会っただけなのだが、学生服に坊ちゃん刈りのような頭髪で、笑うと子どものような表情になった。やがて姿を見せなくなったが、最後に「こんど、教養の委員長になるからもう来れないや」と言って帰っていったのが忘れられない。そういう関係だったのである。


「お兄さんのところに来て委員長になれと説得したあと、けっきょく唐牛さんは自分が委員長になったんですね。僕は、彼が委員長になったときに北海道新聞に顔写真付きで出たのをよく覚えているんです。あの人もけっきょく、東京に呼ばれて学生運動のプロにさせられたんですよね。僕にはそう思える……」

と生意気な口ぶりになった。

たぶんNは他の誰かがこんな言いかたをしたら激昂したであろう。おまえだから許すというようすがよくわかった。私とNとのあいだの距離は、意外なほど早くに埋まっていった。むろん私は例の三大不文律を守ってつきあっていこう、学生運動の話は一度話した後は二度と話すまいと考えていたが、Nもまたそれを暗黙のうちに了解していると感じた。

十一時をまわって新宿駅で別れるときに、Nは「いつか唐牛の話をたっぷりと聞いてほしい。

あいつは自分で自分を滅ぼしたんだ。でもあいつのほんとうの気持ちは誰もわからん。その辺のこと、話すよ」と言って雑踏に消えていった。私にはNの顔が崩れていくのがわかった。

私の知るのは、二十になるかならないかのNであり唐牛である。やがてヒーローのようにもてはやされることになる全学連の指導者二人が、その名を揚げる前に結びついた原点、それは唐牛がNの兄を説得しにその家を訪ねたときだったと言っていいであろう。はからずも私はその動きの断面を見聞きしたことになる。そう思うと私は、自分が勉強もせずに好き勝手に生きていた姿がたまらなくおぞましくなるのであった。

Nと何度か盃を交わすようになって、あるときに編集者が集まるこぢんまりしたバーに二人で入ったことがある。十人も入れば席が埋まる、たしか四谷周辺の店ではなかったろうか。客の話を笑顔で聴いているママの姿は、店のなかに家庭の空気をつくりあげていた。

Nは機嫌がよかった。ひとしきり食事をした折に、厚別と白石のことや越境通学していたころの思い出話を楽しんでいたからだった。そのバーには三十代とおぼしき編集者が三人ほど、酔いの入った笑い声をあげながら飲んでいた。私の担当ではなかったが、顔見知りの連中だった。Nもその出版社から単行本を出している。

私とN、そしてママで雑談を交わしていると、編集者のひとりが、「N先生、よろしくお願いします」などと妙に甘えたというか、馴れ馴れしい態度で寄ってきた。そして絡むように、先生は全学連指導者だったんですってねえ、などと言い出した。

私たちより二十歳ほど年齢が下になるだろう、六〇年安保など知らないわけだ。Nはさして相手にしていない。なのにその不作法な男は、こんなことを言いだした。

「けっきょく、指導者というのは一般学生をアジるわけですよね。アジられて人生が変わってしまった連中への指導者の責任ってあると思うんですよね……。その辺、どう思いますか」

その瞬間、Nは怒鳴りだした。

「キサマ、ものを考えて発言しろ。ふざけるなっ。この野郎、黙って聞いてればいい気になって。おい、オマエ、表に出ろ！」

他の編集者たちは下を向いている。Nの怒声は巻き舌になっていく。

私には場を収めようとするくらいしかできなかった。

「君は失礼だろう。われわれは楽しく酒を飲んでいるのに」

と、編集者をたしなめる一方で、Nの肩に手をかけ、声を落として囁きかけた。

「すすむさん。バカにかまう必要はない。放っておけばいいんだから」

そのときNは全身を震わせていた。巻き舌の怒声は続いたが、Nは興奮を抑えようと戦っている……。

肩を通じて伝わってくる震えに、私は今後、この男の味方に徹するとの覚悟を固めた。

後日、Nは二人だけの会話のときに、「あの夜の、無礼な編集者への答えはもっているよ」と言ったことがある。留置場のなかでか、膝をかかえながら考えごとをしているNの姿が、絵画のように私のなかに浮かんだ。その絵は、どういうかたちでの清算が済んでいるか、自分のなかで常に問うているという意味でもあったのだろう。しかし、私は最初に決めたとおり、Nと学生運動の関わりについて、こちらからは二度と触れることはしなかった。

7

僕の住んでいる家は、ときに母親の弟たちが帰ってくるにせよ部屋数が十室もあり、その広さに僕と弟妹たちは部屋じゅうの扉を開けて走りまわって遊んだ。僕は白石の小学校を卒業したわけではないから、自宅のまわりに友だちはいない。弟妹たちの友だちと遊ぶのがせいぜいの楽しみだった。とはいえ二歳違いの弟の友だちと走りまわったところで、さしておもしろくはない。学校に行っても深くつきあう友人はいない。越境入学の孤独であった。

つまりは朝夕に出会うすすむさんが、僕の親しい友だちだった。

日々の出会いのなかで、学校の話や社会の出来ごとや、さらには教師の悪口などを言い合っては、僕たちはデッキの隅で、ときには札幌駅の待合室で小さく笑ったり、お互いにつつきあったりしてふざけあった。ときに数学や国語など学科の話になることもあったが、受験の話はあまりしなかった。

もっとも、僕らはいつも会話していたわけではない。それぞれ頭のなかで考えごとをしているときは沈黙が続くのである。狭いデッキに高校生たちの会話が飛び交っても、僕らは一言も発しないことがあった。

僕たちが二人で、小声で話し合っている姿は、列車通学の学生たちには生意気、あるいは奇妙に真面目と映っていたのかもしれない。僕らの外見に服装の乱れはなく、帽子を横にかぶったり、制服のボタンを外したりもしていない。いくぶん不良がかってきた高校生らがデッキでタバコをふかしたり、お互いに喧嘩腰で話すところを僕らはなんども見たが、そういう連中も僕らには話しかけてこないし、因縁をつけられることもなかった。

僕もすすむさんも、内心には怒りとか不満とか、とにかく苛立ちがあった。もっとも、それは心理のなかにはっきりと形を成しているわけではなかった。それに苛立ちをいかにもな外見に表すほど愚かではなかった。というより、外見で不良の真似をする連中に対して、僕たちは、軽蔑の気持ちのほうが大きかったのである。

僕はすすむさんと日々会話を交わしながら、自分の周辺にいる数少ない友だちのなかでは、もっとも話しやすい相手であることに気がついた。そして僕らは中学生なのに、その年代よりもはるかに大人のような会話を交わしているらしいことにもしだいに気がついた。

すすむさんがいつもの決まった列車に乗らないときも、僕は最前列の車輛のデッキに乗るのであったが、高校生とか私立の中学に通う生徒がやはりそのデッキにはいる。僕はだいたいが本を読んだり、ぼんやりと走り去る風景に目を移しているのだが、それでも彼らの会話が聞こえてくる。人の噂話や芸能人の話などが中心であった。くだらないことを話しているなぁと思い、「つまらんやつだな」との呟きが心中にこぼれる。すすむさんとなら、きょうの新聞にこういうことが出ていたとか、これはどういうことなんだろうか、といった会話が交わされる。少なくとも新聞くらいは読んでいなければ恥ずかしい程度の感覚はあった。

すすむさんは、ときどき「保阪は弟や妹たちと仲がいいのか」というようなことを聞いてくることがあった。

僕は、「仲はいいよ」と答えるのだが、すすむさんはもっと別な意味で尋ねているのかもしれないと思うことがあった。

兄弟の話になると、すすむさんは笑いを抑えるような表情になった。僕は「すすむさんはお兄さんとも仲がいいのに」と思っては妙な気持ちであった。四人の妹の話をするときは、身内を大切にするという気持ちがあふれているのに、との思いもあった。

そんなときだったと思うのだが、すすむさんが不意に、「妹に悪いことをしてなあ」とつぶやいたことがある。どうして僕がその情景を覚えているかといえば、すすむさんには考えごとをしているとき、そして言葉を発するときに顔を突き出すように話し出す癖があったからである。そういうときはいくぶん吃音になるのであった。

三歳違いの妹が自動車とぶつかって、脚をケガしたという。それからときどき何回か、そのことについて語った。その事故の模様を僕なりに理解すると、次のような光景が浮かんでくるのであった。

買い物帰りか、それともどこかに遊びにでも行くのか、すすむさんは妹といっしょに自宅近くを並んで歩いていた。昭和二十年代末の札幌郊外の砂利道である、車が通るにしてもまだそれほどには目立つわけではない。

ふたりの脇を車は駆け抜けた。その折に妹の左脚に接触したというのである。妹は転んで傷を負い、病院に運ばれたが回復することはなかった。その後、妹はすこし脚を引きずって歩くようになった、というのであった。

どんな車だったのか、訊いたことはない。もっとも、そのころは車の名前など知っている者は少なかったであろう。僕の頭のなかに、ふたりの歩く姿が浮かぶ。その姿が鮮明なのは、すすむさんの説明のなかに強い自省の気持ちがあることがわかったせいだろうか。

「ふつう、妹といっしょに歩くなら僕が外側を歩くよな。妹をかばわなければならないし……。でもそうじゃなかった。内側を歩くなんて、ダメだよな。妹にかわいそうなことをしてしまった。ダメな兄貴だ」

すすむさんは自分を責めていた。なぜ外側を歩かなかったのか、なぜ、なぜ、とくりかえしていたのであった。自分が悪いのだ、自分が、と思っているのだろうが、しかしすすむさんはあるところから沈黙にはいる。それは果てしなく自分を責めているためであり、そうする以外に逃げ場がなかったのかもしれない。自分に怒りを示すときに、すすむさんはしばしば黙して心がここにないといった表情になった。

それはいかにも自分と戦っている苦渋の姿であった。目を細めて笑う表情とは一転していた。そういうとき、僕は黙って向こうから話しかけられるのを待っていた。すすむさんとの会話の呼吸が僕にもわかってきたのである。

私は中学の二年生の秋ごろから、父親に強い反発を感じるようになった。あれこれと命令するからであった。

医者の道へ進みなさい、数学を勉強しなさい、本ばかり読んでいても受験勉強にはならない、と小言をくりかえす。私は苛立ち、ときに食ってかかった。やがて私は母親の兄弟や従兄弟と会話をしているうちに、父親の考えは少しおかしいと思うようになった。

父親の親族と会ったことはないが、いずれも横浜や東京にいると聞いていた。しかし、詳しくは知らなかった。

父親は旧制県立横浜二中（いまの神奈川県立横浜翠嵐高等学校）の二年生のときに関東大震災で父——私から見ると祖父になるのだが——を喪った。母親の話では横浜の済生会病院の医師だったという。父親の姉は東京女高師（東京女子高等師範学校。いまのお茶の水女子大学）を出て、横須賀高女（横須賀高等女学校。いまの神奈川県立横須賀大津高等学校）の教師をしていた。関東大震災の直前に結核で亡くなったというのである。

父親の母も兄も、そして弟妹もほとんど結核で亡くなっている。大正六年（一九一七）から十年ごろまでの間であった。どうやら祖父が、みずからが治療にあたっている結核を家にもちこんだようであった。

「お父さんもかわいそうなのよ。だからいうことを聞いてあげたらどうなの」

と母は言うのだが、「僕の人生はどうしてくれるんだ」と叫びたくなった。「僕は作家か映画監督になるんだ」と胸を張ると、「この子はなにを考えているんだろう」と母は愚痴った。

父は十四歳で孤児になった。群馬の本家に引き取られ、そこから東北帝大、北海道帝大へと進み数学の道を歩んだ。研究者になりたいというのが本音だったが、けっきょくは高校教師になったのである。

父は、他人となじむ性格ではなかった。簡単に人を信用しなかった。私にも、ほんとうに最後に信用できるのは家族だけだと言ったりした。なぜこんなことを口にするのだろう、それが少年期の正義感を刺激した。

これは長じてから知ったのだが、父は東北帝大にいるときに寮の友人から風呂敷包みを預かったという。頼まれて気軽に引き受けた。それは昭和四年（一九二九）のことで、包みの中身は共産党のパンフレットや書籍だったらしい。

友人が逮捕されると、父は特高警察に呼び出され、共産党の同調者だと拷問まがいの取り調べを受けたというのである。その友人はうまく逃れたらしいが、父が共産党に生涯強い怒りをもっていたのは、そういう事情があったからだった。

こんな話をどこまで理解していたか、そしてどういう風にNに伝えたか、はっきりとは覚えていない。しかし父に対する苛立ちを伝えたのはたしかであるし、またNが私の話に興味をもったのは事実であった。長じてからの再会のあとだが、「保阪君のお父さんのいうことに賛成だな。迂闊に人を信用するとたいへんなことになる」といった口ぶりが記憶にある。

Nが父の言動に同意するのが、私には奇異であった。

8

すすむさんが中学三年生になり、僕が二年生だったのは、昭和二十八年（一九五三）である。占領が解けて二年目でもあった。

この年の三月、北海道も暖気の季節に入っていたように思う。僕らが札幌駅のホームで列車を待っていると、突然駅構内のアナウンスがラジオに切り替わった。臨時ニュースをお知らせします、というアナウンサーの声は、ソ連の指導者であるスターリンが亡くなったと伝えた。そのニュースは二度か三度、くりかえされた。

駅員がどんなつもりで列車を待つ人にそれを知らせようとしたのか、むろん僕らにはわからなかったが、スターリンの死は「左翼」を自任する人たちには衝撃だったのだろう。たしかにスターリンを英雄視する人たちの言は、周辺でも聞いたことがあった。

しかし僕自身は、スターリンが死んだと聞いても、無関心に近かった。すすむさんもさして興味を示したわけではなさそうだった。でもなんとなく世のなかが変わるんじゃないだろうか、程度のことは感じられた。

列車に乗っても大人たちは、スターリンが死んだんだねえ、と話している。

「先生のなかにもスターリンを尊敬しているのがいると思うよ。たとえば……」

と、すすむさんは二、三の先生の名を挙げた。そのなかには理科や国語の先生の名があった。

「どうしてそんなことがわかるの」

「あの先生は共産党の新聞《アカハタ》を読んでいるからな」

国語のあの女の先生が、と僕が訊くと、すすむさんはすぐに頷いた。僕は妙な気持ちになった。その先生が好きだったからである。

むろん好きという感情は、男女のという意味ではない。少年が憧れる大人の女性という感情であった。僕は共産党という単語が好きではなかった。というより怖いというイメージをもっていた。

僕は小学校の中学年から新聞の題字を集めるのに凝った。八雲という町で、公務員の官舎で育ったから、転勤の時期になると引っ越していった家に行き、捨てられたり畳の下に敷いてある古新聞を拾ってきては、題字を切り抜いてアルバムに貼った。この趣味は五年生、六年生になっても続いた。そんなときに『アカハタ』という題字を見つけ、家に持ち帰って貼りつけた。たまたまそのアルバムを開いた父親が、強い口調で言った。

「これは剝がしなさい」

僕は抵抗したが、父親の声には怒りさえ感じられた。

逆に母親は戦後すぐに、共産党のなかには戦争に反対して十八年も牢屋に入っていた人がいたんだね、と感に堪えぬようにつぶやいていた。むろん父親のいないときであった。総選挙では、共産党の議員が通ると密かに喜んでいた。

僕が共産党を好きでなかったのは、父親の口調のほうが当たっているような感じがしたからだった。国語の先生が『アカハタ』を読んでいるというのはほんとうなのだろうか、と僕は疑った。すすむさんに、どうしても確かめたかった。

「あの先生はほんとうにアカハタを読んでいるの？　どうしてそれがわかったの」

「このまえ、職員室に行ったら机の上に載ってたよ。あの先生の机じゃないのかもしれないけれど」

僕は、あの先生に憧れている、好きな先生なんだ、と伝えたかった。そしてすすむさんに、「どういうところがいいのか」と尋ねられたかった。

答えはもっていた。

「あの先生が僕のノートを覗きこんで、この字は違うと説明してくれたときに、化粧の匂いがしたんです。顔は僕のこの近くまできたんだ」と、両手で十センチほどの開きを作って説明したかった。しかしそんな会話はなかった。僕とすすむさんはそういう会話を交わすより、たとえあまり興味がなくても、スターリンが死んだ、といった会話のほうを好んだのである。

スターリンがどれだけの評価を受けているのか、歴史においてどういう役割を果たしたのか、など当時の私には知る由もない。ホームに広がっていく駅員による放送、臨時ニュースをお知らせします、と言っているラジオの声が耳に残っているだけであった。Nはなにか説明してくれたのだろうと思うけれど、気に入られたいと願っている国語の先生のことが、当時は題字がカタカナ表記だった『赤旗』やスターリンと結びついて、私の記憶には残ったのだ。

Nがどんな女の人に関心をもっているかなど、私はもとより知らなかった。しかし、これは長じてから、それもNの自裁死（あるいは自罰死というべきだろうか）の後になるのであったが、Nが信頼していた数少ない新聞記者とたまたま会って雑談を交わす機会があった。

彼は、その後北海道新聞の最高幹部になっているのだが、「こんなことを言っていいのかな」と前置きして、意外なことを明かした。

「Nさんは〝僕の初恋の人というのは、保阪君のお姉さんなんだよ〟と言ってましたよ。〝品があったよ。僕らが中学生のときは高校生だったと思うけれど……まあ古い話だけれどね〟とも言ってました。Nさんにとって相当印象が深かったんですね」

私はその瞬間、不思議な気がしてきた。私に姉はいない。そのことは、Nは知っているはずであった。

彼に確かめると、そのときの状況まで交えながら、こう話すのである。

「いや間違いない。〝保阪さんと兄弟になる可能性もあったんですね〟と言ったら、Nさんは笑っていましたよ」

なぜNはそんな作り話をしたのだろう、と私は首をひねった。

あのころ、列車で通学する者のなかに女子学生はいただろうか。会話など交わしたことはないけれど、何人かは思い出した。裕福な私立の女子中学生や高校生たち……。子ども心に恵まれた家の子は上品に見えた。あのなかにNの初恋の女性はいたのだろうか。そうは思えなかった。

もしかするとNも、あの国語の女性教師が好きだったのではないかと、私は考えてみた。私たちより十歳ほど年上だったように思うが、もしその先生に好意を持っていたなら、Nは私が好きだと知っていて、そんな言いかたをしたのだろうかとも思った。

　これまでにもNの作話癖には気づかされたことがあったが、急に記憶が混乱してきた。そういえば、Nの妹の脚のケガについて知ったのは、いったいいつのことだったろうか。たしかに列車のデッキで聞いたはずなのだが……。

　もう三十年ほど前になるが、Nと札幌でささやかなパーティーを開いたときに、五十代に入ったその妹から、「兄とは死ぬまでつきあってくださいね。兄は根は寂しがりやですから」と口ごもるように言われた。「いいえ、私のほうこそおつきあいさせていただきますよ」と答えたが、妹の立場から兄Nを思いやるいくつかの思い出話を聞いた。

　近年刊行されたある評伝*によれば、妹が大ケガをしたのはNが高校二年のとき。それも自転車の後ろの荷台に乗せていたところブレーキの故障で転倒、その直後に荷馬車に轢かれたというのである。そして肝臓がんにより五十八歳で妹が亡くなると、Nはその遠因が事故後の大量輸血にあったとみずから断定し、人目をはばからず酒場で涙したこともあったと記されている。

　だとすると、当然のことながらデッキでの私との会話は成り立たないわけだが、高校に進んでからNとは、札幌の町で遇えばお互い「やあ」というくらいで、そんなに立ち入った会話をした記憶はない。もう七十年近くも前のことになるのだが、なんともあやふやで居心地のわるい思いにとらわれる。

　ただ疑えぬのは、Nのなかには肉親を大切にし、そのつながりを尊ぶ意識が人一倍強かったということだ。長じてから私も肉親の結びつきを大切にするという感情は理解できるようになってきたのだが、その多くは、あのときのNとの会話に由来しているのだと、私はなんども思い至ったのである。

Nの肉体に充満していたのは、北海道の寒村で生きた私たちの先達が、人と人とのつながりを大切にし、家族を思いやり、自らの身を犠牲にしても守るべき掟を持っていたことの自覚であった。それは私たち道産子の先達への連帯というべき感情であり、自分たちはその血を引き受ける義務があるという強い意志であった。私たちにとっては、そのことが壮年から老いに入っていくときの縁になったのである。

*高澤秀次『評伝 西部邁』(毎日新聞出版、二〇二〇年)

9

Nには少年期の思い出話を語る友人は少ないのかもしれない。それは私もまた同じであった。東大教授は面倒なことに関わらなければ、こんな気楽なことはない、と言いながら、Nはしばしば電話をくれては、食事や酒席に誘ってきた。

いつも二人であった。会えば四時間、五時間はすぐに過ぎた。誰もがそうだろうが、気の合った者同士での会話には際限がなかった。

これも新宿通りに面した料理屋だったと覚えているのだが、こんなやりとりをしたことがあった。誰かの言をもじってということになるのだが、と言いつつ、Nはこんなことを言った。

「つまりだ、人生ってのは、一人の女性、一人の友人、一本の酒、一冊の本、一編のpoemを求める旅なんだよね。その五つを満たせば人生、それでよしとしなければな。そう思わないか」

なるほどと私は頷いた。Nが酒席ではあまり食べないで話を進めるタイプなのもわかった。だから私たちは最初に食べものを口に運んでおき、腹八分で会話を続けた。とにかく話すことが多かったのだ。店内の空気が静かなよりは、ある程度人声が騒がしいほうをNは好んだ。もっともあまり騒がしいと、「場所を変えよう」と言い出すのだったが。

誰が言ったのか、あるいはどういう本に書いてあるのか定かな記憶はないが、友人は一人とか書は一冊とか、果ては酒を一本など上手いことを言うもんだ、と私は感心した。Nが自身でまとめているのであれば、なにかを悟ったということになるのだろうが、なにかの書から引用しているならよほどその著者に惹かれているのだろうと思えた。

「僕はこの五つはまだ満たしていないな」と私は応じ、「一人の女性は妻、一編のpoemは……あえて言えば〝生きるという欲望をコントロールするのが知性であり、理性である〟という言葉が座右の銘みたいなもんですよ。たしか中学生のころに読んだ本の一節だったと思うんだけど」

と返しながら、自分の人生でまだ誰にも話していない秘密を漏らそうかなと思ったけれど、やはり口にはできなかった。

Nは自分の「一編のpoem」を明かさなかった。しかしその心中には、弱い者の味方をするとか、義を見てせざるは、という感情があることはわかった。

私たちがふたたび出会ったのは四十七歳のときだ。家庭をもち子どももいる。私の長女は高校生だった。Nも長女がやはり高校生だった。私にはほかに高校生の長男、中学生の次女がいたし、Nにも高校生の長男がいた。自分たちの中学生のころと違って、いまは恵まれているし――などと、厚別と白石の越境入学の話にしばしば戻った。そういうとりとめのない会話のなかから、私はNを通して自分の姿がわかり、Nは私を通してあの二年間を復元していることに気がついた。肩の凝らない、心に壁を作る必要のない会話が、私の仕事の姿勢にも少しずつ入りこんできた。

Nのいう「人生とはあるものを探し出す旅」という言葉は、昭和史の生き証人と何人も会話を重ねてきた私にとって納得できるものだった。じつはNはユーモアのある話が好きだった。私があの太平洋戦争を動かした指導部の一人に会って話を聞いたときの、不気味なユーモア話をもちだすと、Nは目を細め、全身を笑顔で包むかのようになった。それはこんな話だった。

――その軍人は昭和二十年（一九四五）八月に大本営の参謀だった。ひとしきり敗戦時の軍事組織の中枢での混乱を証言したのだが、話が一段落したときに、君の出身はどこか、と尋ねられたので北海道と答えると、その軍人は急に饒舌になった。君らはソ連に占領されるはずだったんだぞ、八月十五日以後にソ連は北海道を占領しようと千島列島の端、占守島《しむしゅ》とか樺太《からふと》から攻めてくることになっていた。それを樋口《ひぐち》季一郎《きいちろう》の北方軍（正確には第五方面軍）

が守ったんだ。もし占領されていたら、東ドイツや北朝鮮のような分裂国家になっていたんだ。北海道の出身者は北方軍に感謝しろ。

「まあ、こんなことを言うわけですよ。史実の上からすべてこのとおりだ、などとは言わん。しかしある程度は当たっているところもありますしね。Nさん、もしそうだったら私たちは北日本社会主義人民共和国民になっていたかもしれないですよ」

「ありえたのか、そんなことがさ。もしそうなら、われわれはさしあたり共産主義少年団《ピオネール》の一員に組みこまれて、スターリン万歳とか、徳田球一万歳、なんて言ってたんだろうな。僕はソ連にはまだ行ったことがないけれど、北海道はソ連の模範的な傀儡《かいらい》国家になっただろうな」

「指導者は府中《ふちゅう》と網走《あばしり》の刑務所に入っていた志賀義雄《しがよしお》、宮本顕治《みやもとけんじ》などですよね。北大は札幌人民大学になって、卒業生が共産党を動かしたんだと思いますよ。もしそうなっていたら、Nさんも党のエリートだったと思うけれど」

するとNは、ある人物の名を挙げ、いや、ああいう奴が上に立つんだよ、と含み笑いした。あいつは東大でも学生運動らしきことをやっていたんだ、官僚タイプだしさ、と付け足していく。私もありうる、と応じた。このあと二人で、北日本社会主義人民共和国の想像図をいくつも描き、幾人かの左派人脈の名を挙げては笑いあった。

私が、もしそうなったら、中学時代のあの音楽教師や体育教師を粛清してやりたいともちだすと、Nは、そうなんだよ、革命とはそういう復讐なんだよ、としんみりとなった。笑いのあと、妙にしらけた空気に変わった。

私はこのときの会話を、じつはよく覚えていた。なぜなら、このときNは唐牛健太郎の思い出話を、声の調子を落としながらも話したからである。北の地に人民共和国ができていたら、ああいう人物は、ひとかどのことはやってのけただろうな、という点で、私も納得したのであった。

「あいつとはね、最後までつきあったよ。あのときのことを『六〇年安保――センチメンタル・ジャーニー』という本でも書いたんだが、よく喧嘩もしたし、よく議論もしたし……。でも、あいつはだんだん社会生活から切り離されるような生活に入ったよ。たとえば誰かの結婚式に出席するのに、漁師姿で長靴を履いてきたこともあるんだ。僕は、おまえ、いくらなんでもそれはひどいじゃないか、とくってかかったこともあった。あいつの気持ちは誰にもわからんことがあったよ」

私とNとが再会したのは昭和六十一年なのだが、唐牛はその二年ほど前にガンで死んでいた。私は六〇年安保以降の彼とはまったくつきあいがないのだが、写真で見ると彼の容貌や体型は、あの大学生のころから見ると、まったく変わっていた。髪を前に垂らしたスポーティな、青年らしい面影は消えていた。

彼を見たのは、誰かの出版パーティーだったように思う。札幌シナリオ研究会で少しだけご一緒だったと名乗ろうかと思ったが、そんなのは知り合いの範囲に入らないと思えて、私は近づかなかった。

あのころ、つまり高校三年生のときになるのだが、唐牛がそのシナリオ研究会に来なくなってから仲間の一人が、あいつは母親孝行だよ、といってその家庭のことを話すのを聞いて、私は「唐牛さんは学生運動などしないで母親に孝行すればいいのに」と思ったものだった。

学生運動で心身ともにすり減らしたというのが、Nの話を聞いているとよくわかった。六〇年安保の後に、田中清玄《たなかせいげん》から資金援助を受けたというので唐牛もブントも批判されたが、なぜそれが悪いのか、私には充分に理解できなかった。同じ函館出身、そして家庭環境も似ている。田中と唐牛のあいだには、共通の意思が通いあっているように思えるのであった。

Nのなかに唐牛の像が佇立《ちょりつ》しているのが、私にはわかった。その像は誰にも理解されない、孤独な青年のままであるように思われた。

「人生というのは一人の友人を求める旅、とすれば、やはりNさんの友人は唐牛さんですね。もし生きていれば、私も会って十代から二十代初めの話をしたいですね。私はあの人が、シナリオを実際に書いたのか否かは知らない。けれど、あの人の生きかたはまさにドラマのようになっていますね。あのときの全学連の学生運動の中心に、北海道の出身者はいなかった。ある二人が会を動かしていたけれど、彼らは東京と九州の出身だった」

「北海道の連中は視覚的にああいう仕事に向いていないのかな。ところで、なんで保阪君はシナリオや脚本に興味をもったんだい?」

私は映画が好きだとか、演劇が好きだというのではなく、ト書きに、たとえば「村はずれにある荒れ果てた廃屋」と書くだけで実際に、映画や芝居はそのような廃屋を作り、そこで役者が演じる、そのプロセスに関心をもったと答えた。

Nは頷き、「そうか、保阪君がノンフィクションの方向に行ったのはそのためだったのか」とつぶやいた。


「ノンフィクションを書くというのは、毎日風景が変わるんだろう。おもしろいだろうな。こっちは毎日、ああでもないこうでもないと論理をひねっているだけだもの。おもしろくもない」

毎日風景が変わるという表現はいかにもNらしい。

「ならばNさん、ノンフィクションを書けばいいのに。あなたは自分の文体をもっていると思うよ」

私は強く勧めた。Nは焼酎を呷《あお》って、「書きたいテーマはあるんだ」と、指でテーブルの上になにやら文字を綴った。私には読めなかったが、すでにタイトルが固まっているようであった。それはNみずからの心に深く沈澱している文字であったのかと、私はのちに知ることになる。

あのときNは「友情」とテーブルの上に書いたのだ。

『友情――ある半チョッパリとの四十五年』（新潮社、二〇〇五年。のちにちくま文庫、二〇一一年）のモデルとなるNの同級生の名はよく知られていた。Nには、奴のことはなんとしても書き残さなければ、これを書かずしてなにを書くのかという思いがあったのだと思う。後日、Nはあらためて私に、彼について小説ではなくノンフィクションの手法で書くと伝えてきた。この人物との交流のさまを聞いたときに、私はNが「ノンフィクションというのは毎日風景が変わるんだよな」と言った意味がわかった。

こういう史実はどこで調べるのか、といくつか尋ねられたなかに、樺太からシベリアに抑留された朝鮮の労働者の氏名はわかるか、というのがあった。私はそのような名簿づくりに戦後の自分の時間をかけている人物を通して調べてみると約束した。日本名を名乗ったのか、など詳しい情報を集めなければやはり事実はつかめなかった。

「そうか、わかった」

と言ったきり、Nは電話の向こうで黙していた。

Nはこの同級生のことを調べ、そして原稿用紙に文字をおろしていくときに、暴力団の側に入ったというその人生を思い、涙を流していたのではないかと私は想像した。

Nが東大教授であったのは二年ばかりであったが、その間、二人で酒席をともにしたのは、私のダイアリーを見ると四回ほど。編集者を交えての酒の席は二回ほどである。

むろんNは東大教授という立場だから、代議士の勉強会の講師や官庁からの審議会委員なども仰せつかっているようで、ときどき愚痴ることもあった。「つまらない連中さ」という語はNのよく使う表現だったが、そのニュアンスは私にはよくわかった。

あるとき、新宿のなじみのバーで「晩年はどんな人生がいいか」を論じたことがあった。

とにかく晩年だよ、とNはこだわった。お互い五十歳を超えたころではなかったかと思うのだが、私はときどき高齢化社会が来ると予測する原稿を書くことがあったので、そういう話題から自分たちの老後について思いをめぐらせたかったのかもしれない。

「ささやかな夢だけど、要するに田園生活さ。都会は真っ平御免だよ。田舎のさ、暇に飽かして野菜を作ったり花を植えたりという生活さ。さして広くない土地で四方に親しい、気の置けない連中が住むわけさ。真ん中に東屋《あずまや》があって、朝飯を食べたあととか、人と話し合いたいと思ったらその東屋に顔を出してのんびり会話を交わすんだよ。知識人の放談だよ。いいアイデアだろう、これが僕の夢なんだ」

Nは急いで言葉を発するときは、吃音の名残りなのか言葉を飲みこんでしまうことがあった。唇が言葉を呼びだす。このときもそうであった。

私は、そういう田園生活もいいとは思うけれど、いつまでも難しい議論は面倒だな、とぼんやり想像していた。するとNはいきなり「保阪」と呼び捨てにした。

ああ、あのころみたいだな、列車のデッキの光景を思い出した。Nから呼び捨てにされると、私はあの時代に帰っていく。

「この四つの角の一角に住め。いいだろう？　毎日あのころのように話しているのは楽しいぞ」

Nもまた同じ光景を思い浮かべているのだろうか。ト書きだったらどう書こうか……。

しかし私の口から出たのは、「考えてみますよ」ということばだった。さらに、「気の合う人を三人探すのはたいへんですよ」と拒む意味をこめて続けた。

その日、家に戻って妻にその話をしたら、「Nさんと毎日会うの」と困惑した表情になった。

その後も何回か、「田園生活はいいぞ」とNはこの話をもちだすことがあった。

すでにふれたのだが、僕はいわゆる青年に達するまでの子どもの会話というのを交わしたことはない。

10

もし地元の白石の小学校を出て、越境入学していなかったなら、友だちは少なからずいたと思う。だが実際は、この街はまだ住宅街ではなく、家のまわりも畑が多かった。越境した中学校で授業が終われば、札幌駅までの電車、札幌駅から白石までの列車、そして十分ほど歩いて自宅である。そういう環境だから同年齢の心を開いて遊ぶ友だちはいなかった。

だから、すすむさんは、僕にとってもっとも心を開いて話ができる上級生だった。すすむさんも地元にはあまり遊び相手がいなかったようだし、授業が終われば僕と同じように電車と列車で自宅に帰るだけであろう。とはいえ、一学年上のお兄さんがいるから、あえて言えば僕よりは孤独ではなかったろう。

僕は自宅から駅までは近所の会社勤めの大人、それに教員養成の大学に通っている大学生などと会話を交わすのだが、社会的な事件の話などに十分ついていくことができた。地元の新聞と一日遅れで配達される東京からの新聞を、僕は細かく読んだ。だからある程度の社会知識はもっていた。こうして同年代の仲間とは異なる話題に触れているのだから、いわばませていたと言えるだろう。

僕が中学に入る年（昭和二十七年）の一月、つまり小学校六年だったことになるわけだが、札幌で白鳥《しらとり》事件があった。僕はこの事件が報じられた新聞記事をよく覚えている。この警部の乗っていた自転車が真冬の雪道に横倒しになっている写真が、記事とともに掲載されていた。社会面の左側だったように思う。

なぜこの記事を覚えているかと言えば、この警部が射殺された現場が南6条西16丁目とあったからだ。数少ない小学校時代の友だちがこのあたりに引っ越していた。15丁目にあった交通局の建物を目印にその家に行ったことがあった。それに昭和二十七年には、この事件の犯人をめぐって、よく新聞記事に左派政党の名称が出ていた。読むたびに僕は関心が湧いた。

すすむさんに、この事件について尋ねたことがあった。

「警官が殺された事件だろう。興味がない。でも共産党が犯人だという説もあるし、違うということもあるらしいな」

僕は、そういうことよりも、雪のなかにピストルで撃たれて死んでいる光景が鮮烈だと言いたかった。人の死がさまざまなかたちでありうることについて、僕なりの理解を話したかった。

ところが長じてから——そう、四十年近く経ってからのことだ——Nは私がとうに忘れていたことをもちだしたのである。あれは文藝春秋が刊行していた雑誌『諸君！』での対談、意外な友人関係といった続きものの企画のなかではなかったろうか。

「保阪君はあのころからいろんなことを調べるのが好きだったなあ。小さなことでもよく覚えていたし。いつもさ、きょうの新聞にこんなことが出ていたよと言いながら、いろいろ話したよな。あのころに白鳥事件や山村工作隊のことなんかも話したからなあ」

この対談のときに、私はNに確かめたかったことがあった。それは「僕たちはあのころに死について話したことがあったよね」ということであった。

私は学校でも心を打ち明ける友人はいないうえに家庭では父とのあいだがうまくいかず、なにか厭世的な気分に陥ることがあった。孤独とか自閉とか言えばいいのだろうか、内向的な性格がより内向きになっていく感がしていた。それが自分でも不安であった。

中学二年の冬の記憶は、私に初めて死ということを教えた。その衝撃が、私をより憂鬱にさせたのである。

札幌市内の路面電車は、雪が多く積もると線路の両脇に雪を積む。そうすることで雪の日でも走ることができるのである。電車道の隣の人道は雪の積もった日には人の歩く幅が一筋か二筋できる程度で、自転車は走りづらい。自転車で通学、通勤の人たちは、電車が来なければ線路を走る。言うまでもなく危険な行為だ。電車道を自転車で走ってはいけないといった注意は、それこそ至るところで叫ばれていたし、新聞は執拗にその注意を市民にうながしてもいた。

僕は学校の帰りはいつも電車の前の入り口から乗り、運転台の後ろに立って運転手の目線で見えてくる風景に馴染んでいた。

ある日、西創成学校前から、次の停留所であるすすきのに向かっているとき、電車の前を一台の自転車が走っていた。乗っているのは中年の男性だった。運転手は、後ろから来ているよとばかりに、危険を伝えるベルを鳴らした。

こんなとき、だいたいが横に積んである雪の切れ目で自転車を乗り上げて、電車をやりすごす。しかしこのとき、男性がそうしようとしたのに、自転車は後ろに滑るかたちになり、速度を落としている電車に仰向けに倒れてきた。

男性は運転席に向かって目を見開いていた。鼓膜が破れるような金属性の音を立てて電車は止まった。自転車と男性が視界から消えていた。

運転手は入り口の棒を外して、僕を押しのけるようにして扉を開けて外に出た。

「俺が悪いんじゃない。俺のせいではない」

と、運転手がなんども口走るのが聞こえた。彼は蒼白な表情でひたすらつぶやいていた。僕は現場を見るのが怖いので、電車を降りて札幌駅まで急ぎ足で歩いた。

翌日の朝刊で確かめた。五十代の工員は病院に運ばれ、そして亡くなっていた。僕は母にこっそりとこのことを告げた。母は、弟妹たちに言ってはいけない、早く忘れなさい、と小声でくりかえした。

僕はこのことをすすむさんにも話し、男性が運転手を最期に見つめた表情が、僕には怖かった、と伝えた。すすむさんは、このときはとくになにも言わなかった。

Nが、「保阪君は小さなことでもよく覚えている」と言ったのは、こうしたことからではないかと思われた。

　私が高校生になってほとんど内向きの性格を露わにし、「生きるという欲望をコントロールするのが知性であり、理性である」などと考えるようになったのは、たしかに書物からの影響や友人がいないことの孤独感、そして父との確執が理由だとも思う。しかし、Nとの中学時代の会話が、私に多くのことを教えたのも事実であった。

　Nと再会し、ともに老いてゆくにつれて、Nを過去の鏡として私はかつての自分と向きあい、当時の感情を少しずつ確認していったのであった。

11

　夜の十時を過ぎて間もなくのころであったか、Nから電話があった。

　私にとってもNにとっても、夜の十時や十一時の電話というのはそれほど常識はずれではなかった。むしろ夜遅いほうが元気で、頭も冴えている状態である。

　Nは近況を伝えあった後に、不意に、

「明日の新聞を見て驚かないでくれ。僕は東大を辞めるよ」

といくぶん興奮した口調で語った。

　私は最初、Nがさしたる理由もなく辞めるのかな、と受け止めた。あるいはなにか不愉快なことがあり、一時的な感情で辞表を出したのかとも疑った。

どういう会話を交わしたか、いまもその内容を覚えているのだが、Nの声はけっして落ちこんではいなかった。むしろいつものように、なにかゲームを楽しむような口調で辞職の理由を語るのだった。

私は、月並みな表現になるけれど、と前置きして、

「東大教授として、のんびり生きていけばいいじゃないですか」

と世間の常識を口にした。

「バカ相手に生きていけっていうの？　もう耐えられないんだ」

「でもNさん、世間なんか、それよりももっとバカですよ」

「バカの度合いが違うんだよ！　世のなかには耐えられるバカと耐えられないバカがいるじゃないのっ」

「う〜ん、たしかにそうだ……」

そんなやりとりのなかで、ようやく私にはNの怒りが限界に来ていることがわかった。

「それで聞きたいんだけど、自由業というのはたいへんなんだろう？　税金を自分で払ったり、健康保険だって会社や組織とは違うんだろうし」

そういうことは、私はNよりは詳しい。確定申告から健康保険のしくみ、国民年金の支払い、各種税金のことまで、私は知る限り教えた。

Nはときどき質問を発する。それもきわめて初歩的なので、私はゆっくりと説明を続けた。と

いっても、私とてそれほど詳しいわけではないので、最後にこう答えた。

「わが家の税理士に聞いてみますよ」

「えっ、税理士を雇っているの?」

「いや、まだ税理士ではないけれど……。この資格試験は合計五科目に合格すればいいらしいんです。いま、彼女は四科目に受かっているので、あと一科目で税理士になれるんだそうです」

「ああ、奥さんのことか。そうか、自由業というのは夫婦で支え合うんだな」

Nは、自分で言った「夫婦で支え合う」との言葉がいたく気にいったようだった。私もそう言われて、なるほど夫婦とは社会の単位なのかとの思いに浸った。

「妻というのは、夫の社会的役割をいろいろ変える触媒のようなものなんだ」

「ショクバイ?」

「そうさ。夫に化学反応を起こさせるのも妻の役目なんだな」

Nの言を聞くや、私は不意に従兄弟の竹沢暢恒を思い出した。彼もN兄弟や私と同じく、市内のその中学への越境入学組だった。

そのころ――この電話は昭和六十三年(一九八八)三月のことだったのだが――私は札幌で竹沢と会った際に頼まれていた。

「すすむ、いや、Nもいまや東大教授だろう。いやあ、よくやってるよ。会ったらよろしく言ってくれるか」

竹沢は北大工学部の教授を務めていたが、その専門が触媒だったのである。

Nにそのことを伝えると、あの人のエネルギーは中学のときから異様だったよ、あの越境入学もまた触媒だったんだな、と声がなごんだ。真夜中の四時間余に及ぶ長電話で、私は新たな地点での友人関係の出発を確認することになった。

通っている中学から札幌駅まで、すすむさんと竹沢との三人で歩いたことがある。季節は秋であったか、薄ぐもりの日であった。

中学校の裏は豊平川《とよひらがわ》が流れていてその土手を中島公園まで歩き、さらに薄野《すすきの》に出て駅前通りをまっすぐに札幌駅までの道のりである。六〜七キロはあったろうか。なぜ歩いたのかは思いだせない。そう、すすむさんは中学三年で、僕は二年生であった。竹沢は高校二年生だったのだが、おおかた僕らの中学になにかの用事で訪ねてきた折に、三人で帰ることになったのであろう。

僕はもっぱら聞き役で、学生服姿の二人が話し合うあとについていくだけだった。竹沢はたしかに秀才と言われるタイプで、将来は明るいと誰にも期待されていた。僕はいつも母親から、「あの人のように勉強しなければだめよ」と諭された。

すすむさんと竹沢は、なにやら数学の話をしていた。すすむさんの疑問に竹沢が答えているという感じであった。僕はとくに関心もなく、まったく別なことを考えていた。豊平川沿いでつり糸を垂れている大人を見ながら、そのころにクラスの女の子で、わけもなく僕に嫌味を言う子を思いだしていた。

なぜあの子はああいうことを言うのだろう、とそんなことばかり考えていた。僕がその子に関心をもっていたこともあり、こんど嫌味を言われたらなんと言い返そうか、などと他愛のない思いに耽っていることを、二人には知られてはいけないと、僕は二人のあとをついていった。

不意に竹沢が、うしろを振りむいて僕の名を呼び、尋ねてきた。

「なあ、大学はどこに行きたいのか?」

僕はそんなことは考えたことはなかった。別に行きたい大学があるわけではない。いや、そんなことを口にするほど進学を考えたことなどない。

「大学なんかどこでもいいんだけれど……。僕は作家か脚本家になりたい。そうなると決めている」

と詰まりながら呟いた。

二人は戸惑ったような顔をして、こいつは話し相手に加わるタイプでないと思ったのか、またお互いの会話に戻ってしまった。


私は、勉強のできる連中の会話についていこうなどとは思わなかったが、この三人の帰り道はよく覚えている。長じてからNは、私が作家になりたいと中学生のころから言っていたな、と話を向けてきた。このときに、ああ、Nはあのときの会話を覚えているんだ、と思いだした。

「保阪君は細かいことまでよく覚えているからな」と、なんどか言われたこともあるのだが、そのたびに、それはNも同じだろうと密かに呟いた。

薄野から駅まで歩きつづけるのも、さして苦にはならなかった。私は作家になるのだと言ってしまったことで、彼らの会話を途切らせてしまったのではと申しわけない気持ちになり、二人の会話に聞き耳を立てながら、とにかくその後をついていったのだった。

あのとき竹沢は、「やはり東大か北大に進んで、それからアメリカの大学に行って、日本の大学に戻って研究者になるのがもっとも満足のいく道だな」と言っていた。Nも「そういう道がいいけれど、そううまくいきますか」と戸惑いながら相槌を打っていた。

竹沢は、「すすむは頭がいい。自然科学に向いていると思う。理系に進めばいいのに」とその後も私にくりかえして言うのだった。

けっきょく二人は志望の大学を出て、アメリカやイギリスに留学して望みどおり大学の教授になった。そして、Nは東大教授というポストをみずから離れることになった。

辞職のニュースを新聞で確かめた竹沢は、私の下に「辞めないで自重しろと、なぜ言わなかったのか」と詰問調で電話をかけてきた。

Nにその話を伝えると、苦笑いを浮かべた。三十五年ほど前のあの会話を思い出したのであろうか。


北海道の冬は早い。通学時にデッキに立っていると風が吹きつけてきて、オーバーの襟を立てても顔に雪がまとわりつく。そうなると最後尾のデッキから客車内に入って暖をとりつつの通学となった。

あるとき、薬品会社の研究室にいる母の末弟が、白石に帰ってきて自分の部屋から何冊かの原書を風呂敷に持って出勤したのだが、僕もそのうちの何冊かを抱えていつもの通学の列車に乗りこんだ。すすむさんもこの日は、客車のなかにいた。

僕らはいつものように挨拶をして、並んで立ち、窓からの風景を見ていた。すすむさんは僕が叔父などといっしょのときは会話を遠慮している。叔父が話しかけると、ていねいに「はい」とか「いいえ」と答える。僕らはたしかに礼儀正しい少年であった。

列車がカーブで大きく曲がったときに、網棚に載せていた何冊かの書籍がすすむさんの頭に落ちた。

「ああ大丈夫かな。ごめん、ごめん。痛かったろう」

と叔父はなんども謝る。すすむさんは、「いえ大丈夫です」と気丈に言い、直立した姿勢で窓の外の風景を見つめていた。僕はその横顔を見たときに、すすむさんが歯を食いしばっているのに気がついた。分厚い洋書が当たったのだから相当に痛かったはずであった。しかし、すすむさんは毅然とした姿を崩さない。

札幌駅に着いて二人で電車に乗り換えたときに、僕もまた謝った。すすむさんは帽子を取って、小さく腫れた瘤を見せてくれた。やはり痛くないはずはなかったのだ。

「反イールズのおじさんだろう。そういう人は筋がとおっていると思う。同志だよ」

僕の叔父は北大の理学部の学生時代に自治会の委員長をしていて、反イールズ闘争の際の武勇伝があることを伝えたことがあり、すすむさんはそれを覚えていたのである。

僕が、すすむさんの姿に孤影というイメージをかぶせて見つめるようになったのは、痛さを我慢して、同志に畏敬の念をもっていることを態度で示すのを見たこの日からである。

札幌駅を午後三時半過ぎに出る列車でそれぞれ家に帰るときは、いつもいちばん前の車輛に乗るのが慣わしだった。なぜだろうとのちに話しあったことがあるけれど、そのときは「やはり早くに家に帰りたかったんだよな」ということに落ち着いた。同級生たちはすでに家に帰り、自分の思うように過ごしているのに僕たちはまだ大人の疲れた臭いのする列車のなかなのだ。

僕は家に戻って、原書で頭を叩いてみた。痛い。しかし、すすむさんは、その痛さに耐えることが自分の試練であると受け止めていたかのようであった。

12

Nの辞職は新聞でもかなり大きく報じられた。

東大教授には相応の権威や権力が与えられているのだろうが、そんなことに頓着せずに職を離れるのは、Nが東大教授という存在をそれほど深く考えていないことでもあると私は思った。そういう冷めた性格に、私は畏敬の念をもった。

Nが辞めるに至るプロセスに、私はまったく関心がなかったので、新聞を読んでも特別の感想はなかった。ともあれ励まそうと、文藝春秋の編集者四、五人と私とで、一夕テーブルを囲んだ。

「これからどうするの?」

という質問に、Nは、

「評論家になるか」

と笑った。上機嫌であった。もうあんな集団なんかこりごりだよ、とくりかえした。

「やりたいこともあるし、まず自分に商品価値をつけることだよな」

「売り物なんかいくつもあるし、むしろあまり安売りしないほうがいいですよ」

といった体の会話を楽しんでの励ます会であった。

『文藝春秋』本誌の編集長がやはり北海道出身で、私もNも親しかった。彼は、時間ができたNに書いてもらいたいことがあると、連載を頼んでいる。Nと深いつきあいをしていたわけではないが、さりげなく手助けしたというふうにも読めた。

あえてふれておくが、Nは人間関係においてしばしば毒舌を吐くにせよ、けっして悪く言わない人物が何人かいた。この編集者の悪口はけっして言わなかった。自分を密かに支えてくれている人の存在を忘れないのであった。恩義に篤かった。

こういう「励ます会」がいくつか開かれた。私もNからとにかく来てくれと言われて出席することがあった。私の知らない編集者や学者のグループにも引き合わされた。

そんなときに、どうして二人は知り合いなの、といった類いの質問を受けることが一再ならずあった。

「君らにはわからんよ。白石と厚別だよ」

と言って、首を捻らせるのを私たちは笑った。こうして新たな関係になると、まるでともに越境通学したころの十代の少年に戻ったような感覚になった。

やがてNの口調に、あのころの口の利きかたに通じる響きも浮かぶようになった。親しく話せば話すほどあのころのタテの関係が思いだされてきた。私のなかに戸惑いと困惑が生まれた。

そんなある日、Nから「相談事があるんだが……」と連絡があった。

相談事という口ぶりに、

「保阪、いま、なにを読んでいるのか」

「きょう、これからニュース映画を見ようか」

といった札幌駅での少年時代のNの物言いを思いだして、私はたじろぎ、四谷の新宿通りの居酒屋で会ったときも、Nがどんなことを言い出すのだろうと緊張した。

「僕らは北海道からなにがしの志を持ってこの東京にやってきたんだよな。そうだろう」

案に相違してNは、私の緊張をやわらげるように口調を整えて話し出した。

北海道を語る際、開拓者精神《フロンティア・スピリット》がよくもちだされる。そんな美辞麗句をいっさい信用しないことでNと私は一致していた。おおかた開拓の現実を知らない連中の戯言だと、私たちは切り捨てた。北海道は内地の体制からの棄民と、共同体に嫌気がさした野心家、一旗組《ひとはたぐみ》の空間だと、私たちはこれも心を合わせていた。

「とにかく北海道に元気を出してもらわなければならんと思う。二人でカネを出し合って雑誌を出さないか。なあに、そんな立派なのでなくてもいいんだ。北海道で志のある連中に読ませる会員誌だよ」

具体的な話を聞いていて、Nの発想、そして行動力に私は納得し、応じた。

「いいよ。まずは採算なんか度外視して、北海道を励ます、北海道を勇気づける、そんな運動を起こすのに異議なしですよ」

「よし、やってみよう。さしあたり二人で百万ずつ出して、会社じゃないけれどグループを作るんだ」

Nは腹案を細かく説明していった。


この話は平成に入ってまもなくのころだったが、私は原稿を書く仕事もそれなりに順調に動いていて、経済的には少しではあったが余裕ができてきた。

もともと酒好きではない。飲み屋にもそれほど通うわけではない。いささかの弁明で言うならば、ゴールデン街に編集者に連れられていくことがあり、一軒ほどときどき顔を出す店もできた。といっても酒の上の会話が奇妙に高邁になったり、下卑たりすることがあるのが、私はつまらなかった。

Nも新宿に顔馴染みの店がいくつかあり、そこに連れて行かれることはあったが、見ているとNもけっして酒好きというわけではなかった。雑誌発行計画のスタートを祝ったこのときも、二、三軒の店をまわった。

事務所を作り、人を雇い、その事務所を梁山泊のようにして人と人の出会いの場にしていき、雑誌の発行だけでなく、講演会を催すなどの展開を考えていることなど「N構想」が次々に明かされた。

「いや、札幌の連中でもこのような話に協力するメンバーがかなりいるんだ」

「雑誌のタイトルは『北の発言』というのがいいと思う、どうだ」

なるほどいいタイトルだと、私は頷いた。

この男は、やはりタイプが違うのだと気づいた。私のように一人で、けっして他者と群れないで、とにかく自宅の書斎で原稿を書く生活に、Nは耐えられないのだろう。東大教授のポストを離れたのは正解だったのだろうか……。

その日、私はNの情熱に当てられて、新宿の飲み屋を出てタクシーをつかまえて、練馬の自宅に帰ったのは明け方であった。

家に帰り、妻を起こし、「おい、百万円を出せるよな」と確認を求めた。私は家にどれだけのお金があるのか、まったく知らなかったのである。


やはり僕が中学二年生で、すすむさんは三年生だったときのことであった。十二月か一月であったろうか、北海道が朝から大雪に見舞われて、札幌でも昼から一メートル先も見えないほどの吹雪の日があった。

中学校は午後に入ると授業をやめ、早くに家に帰るようにと生徒たちに伝えた。僕は日ごろから同級生とは帰らないので、どうしようかと焦った。

校門を出ても吹雪が激しい。クラスの友だちは近所の友人たちと連れ立って帰っていく。僕はぼんやりと校門の前に立ち、さてどうしようかと考えた。むろん電車や列車も動いていない。すすむさんはどうするのだろう、と思って、三年生の教室に行って確かめようかと思った。校舎のなかはごった返していて、三年生の教室には行けそうもない。

僕はたった一人で伯父の家をめざして歩いた。南20条西10丁目、ときどきしか行かないから、吹雪のなかで道をすっかり間違えてしまった。

なんとか伯父宅にたどり着いた。全身が雪だらけだった。小学生の従弟、中学生の従妹たちは朝からの吹雪で学校は休んだという。そういえば僕のクラスでも休んだ者が多かった。札幌市内と僕の住んでいる白石とは吹雪のようすが違ったのだ。市の周辺は市内よりも吹雪になるのが遅かったということだろうか。

翌日に帰りの列車を待つ札幌駅の待合室に、すすむさんの姿をみるなり、昨日はどうしたの、と僕は尋ねた。

「北海道の冬だろう。いつ吹雪になるかわからない。電車も汽車も止まったならば、兄貴も僕も寄留先に泊めてもらうことになっているんだ。保阪はどうしたの?」

僕はこのときに、なんの対策も考えていない自分の性格がイヤになった。

祖父母も母も、「自分の判断で、自分で伯父の家に行くというのはたいしたものだ」と褒めてくれたが、もしそういう判断のできない子なら、どこか吹雪のなかで行き倒れになっているんじゃないか、と夜どおし案じていたこともわかった。

大げさに言うならば、北海道ではこういう吹雪で亡くなる者がけっして珍しくない時代があったのだ。

僕らの育ったころの札幌は人口が三十六万ほどであり、いかにも中小都市というイメージであった。郊外はまだ畑ばかりで、僕の住んでいた白石の北郷《きたごう》といえば、まさに北の里、北の辺鄙な田舎という名にふさわしかった。

祖母の一族は屯田兵で江別に漢方医として入り、住民の健康を診ていた。祖母からは、「兄は医者だったが、山に馬橇《ばそり》で往診に出かけて、その馬橇が谷底に落ちて馭者と一緒に亡くなった」と聞かされたことがあった。明治二十年代のことらしい。「だから私は子どもを医者にしたのよ」とも話していた。

「ぼくは将来は何になりたいのか」

あるとき、祖母は訊いてきた。いつも孫に向かって「ぼく」と呼ぶのだった。

「うん、僕はね、作家か脚本家になりたいんだ」

「うちの一族にはそんな仕事の人はいないよ。一文《いちぶん》を認《したた》めるのはたいへんだよ。読む側にまわったほうが楽なのに――」

祖母はわらった。一文という言いかたが読書好きの祖母らしい感想だった。

こんな祖母のことを、僕はすすむさんに列車のデッキで何日もかけて話したことがあった。すすむさんも自分の母親の苦労を語って聞かせてくれた。北海道の女性は芯があり強い、といった子どもなりの会話を、デッキや駅の待合室の気だるい空気のなかでボソボソと交わしていたのである。

Nから再度、呼び出しを受けたのは、二人で北海道精神を高揚させ、共有してから、二週間ほど後のことであった。

「せっかくだけど百万円は出さなくていいよ。自分たちのカネで雑誌なんか出すと、大やけどすることがわかったんだ」

「たしかにそうだけど、では雑誌はやめるの?」

「いいスポンサーがつくというんだ。それで『北の発言』の前に、もっと別な会員誌を出そうと思う」

話は具体的であった。その会員誌は『発言者』とするというのだ。そのスポンサーの名を聞き、私はNの交友関係の広さを知ることになった。やはり東大教授だったという看板は世間の人びとを引き寄せる力があるのだと、私は思った。

編集部も独立させ、相当大がかりに進める案もそのスポンサーには受け入れられたとのことであった。そういう話を聞きながら、Nはまったく新しい世界をみずからの周辺で作り上げようとしていることがわかった。

あれよあれよという感じで、彼のプロジェクトは進んでいるようであった。そのつど話を聞き、私はけっきょくは『発言者』や『北の発言』をスタートさせたら、毎号必ず原稿を書くこと、北海道につくろうとしている後援会をサポートしていくことに限って協力の姿勢をとると決めた。

「いずれの雑誌も北海道の連中を励ますような内容で、少し叱りつけるような調子がいいと思うんだ」

Nの言葉に私も頷いた。いつのまにかNの行きつけの飲み屋に私も顔を出すことが重なり、二人でカウンターでこれまでとは異なるつきあいが始まることを確認するようになっての会話であった。

そんなときNが、「保阪くん」と口調を改めて言ったことがあった。「君」ではない響きがこもった言いかたであった。

「僕もさ、そそっかしいところがあるんだけれど百万円を出して雑誌を出そうと言ったりして、考えてみればフリーで生きるという身にとってこれは大金なんだよな。組織に属していれば、なに、なんとかなる金だけどね。奥さんに謝っておいてよ」

と申しわけなさそうに、丁重な声音であった。

私は妻が、Nとのつきあいに要するお金は別途に考えるからと、そのために新たに通帳を作っていることを伝えた。百五十万円ぐらい入っているから、いつでも出せるよとうながすと、「保阪さんは原稿だけ書けばいい。それでいい」と「保阪さん」とあえて言った。

ふと、まわりを見ると、Nの隣に編集者が座って聞き耳を立てていることに気がついた。それで「君」と「さん」を使い分けていたのだ。

〈そうだ、こういうときは、すすむさんと言ってはいけないんだ〉と私も、「Nさん」と呼んだ。

「保阪さんは、戦後民主主義に肯定的なんだよな。アメリカン・デモクラシーなんか、かなりインチキなのに、なんでそんなもの信じるの?」

「でも軍事主導体制よりはマシだと思うんですよ」

いつものように、少し話が固くなるとNは、私が戦後民主主義に依存していることを冷やかすように議論を向けてくる。私はといえば「あの戦争の時代は、非人間的だ――」とか、いわば教科書どおりに返事を返すことになる。しかし、Nはそれほど怒りも示さず、すぐに「保阪さんは真面目なんだよ」と言ってくる。

「真面目?」

「そうだよ。大人の言うことをそのまま聞いている、それを真面目と言うのさ。あのころも真面目に社会主義を信じたりしたよな」

そうなると最後に私は、「その出発点はすすむさんの、〝人間と猿の違いを知っているか〟との質問だったんですよ」と反論するのである。

「そんなこと言ったかなあ」と答えるときもあれば、「あれはさ、北教組のバリバリの教師に吹きこまれたときに、帰りの列車で保阪くんに言ったんだよ」と応じることもあった。そのたびに二人の間に笑みが生まれた。余人にはわからない笑みであった。

あのころは、まさか四十年近くを経て東京の新宿のバーで二人がこんな会話を交わしているだろうとはつゆほども思わなかった。そういうときのNが目を細めて、笑みが顔全体に広がるのを見るたびに、私のなかで時間が往ったり来たりするのであった。

13

雪の光景は、少年にさまざまな想いを起こさせる。

十月も終わりになると、列車のデッキに立つのは吹きさらしの風のなかに身を置いているような辛さもあった。

僕はマフラーで顔を包み、手袋をした手をポケットに入れてカバンを抱えこむようにして、早く白石駅に着かないかと寒さに耐えた。むろん、すすむさんもそういうふうに震えながらデッキに立つのだが、そんなときは二人のあいだに言葉はなかった。

さすがに十一月に入ると、デッキに立つのは体が凍てつくような状態で、客車のなかに入って寒さから逃れた。

毎朝、ひとつ先の厚別駅から乗ってくるすすむさんも、やはり十一月に入ると客車のなかの人だった。僕はいつものように最後尾の客車に乗って、すすむさんと挨拶を交わすとしばらくはその生暖かい車内の空気になじむ時間をもった。それはわずか二、三分のことだったと思う。

それからの会話で、すすむさんが吃音だったという記憶はまったく浮かんでこない。「ほさか」と呼びかけるときから、少年らしいはっきりした口ぶりだったことが印象に残っている。

冬の寒さとすすむさんとの会話とともに忘れられないのは「担ぎ屋」といわれるおばさんたち

の一団だった。

朝の客車内で通勤の人びとに交じって座席の一角を占め、元気に大声でなにやら話しあっている。そして自分の体ほどもある荷物を背負って駅の階段を上り下りするのであった。

小樽に行って魚市場から魚を買い、それを札幌市内の料理店や住宅地に売りにゆく。それだけではなく、空知《そらち》地方の農家から米や野菜などを買って、逆に小樽や札幌の人びとに売るのであった。当時はお米屋さんに行っても米穀通帳をもっていなければ売ってもらえなかった時代である。需要はいくらでもあったろう。

僕はこの一団が嫌いだった。そばに立つと、どこの中学に通っているのかとか、毎日列車で通っているのかとか、果てはお父さんはなにをしているのか……と、あれこれ尋ねられることがあるからだ。

すすむさんも同様で、客車のなかでもその一団を避け、話しかけられまいとする姿勢を取りつづけているようだった。そして通りすぎていく窓の外の雪景色から眼を離さなかった。

あるとき、すすむさんは担ぎ屋さんたちから離れて電車に乗ってから、囁いた。

「ああいうおばさんたちは、戦争未亡人だそうだよ。戦争の犠牲者なんだ」

戦争未亡人というのなら、あの人たちの夫は戦争で死んでもういないのだ、と僕にも合点がいった。

僕は中学二年生で、すすむさんは中学三年生だったから、僕らの母親の世代か、少し下の世代の母親が担ぎ屋さんになっているのだと思った。大正初年代の生まれのおばさんたちであった。

こんな会話や想像は、たしかに当時の子どもの領域を超えていたように思う。やがて、僕もすすむさんも、そういう母親たちが「お父さんはどんな仕事をしているの」と尋ねてくる意味が理解できるようになっていた。彼女たちには自分と同じ年ごろの子どもがいることも、うすうすわかってきたのであった。

やはり雪の多い十二月のある朝だった。

すすむさんが乗っているはずの客車に乗りこむと、その日は姿が見えなかった。おおかた学校を休んだのだろうと、僕は担ぎ屋のおばさんの一団から離れて客車のはずれのほうに行き、立っていることにした。

すると、「坊や、坊や」と呼びとめられ、ここに座りなさい、四人席のひとつが空いていると勧められた。

僕はしかたなく座った。なにも聞かれなければいいなあ、と俯《うつむ》いていたが、僕に席を勧めた眼鏡をかけたおばさんは、案の定、あれこれ聞いてきた。

僕の通っている中学名を確かめ、「あんな山鼻《やまはな》（現在の札幌市中央区の南側と南区の北側に位置する地域）のほうまで汽車で通っているの」と言いつつ、僕を眺めまわすのだ。

他の担ぎ屋さんたちは「坊や」になど関心はなく、雑談に夢中であった。なのに、そのおばさんは僕の学年やら、名前やら、はては親の職業やら、とにかくあれこれ尋ねるのである。僕はそういう質問を断る言葉を知らず、ボソボソと小声で答えた。

「お父さんは戦争に行かなかったんだねえ。よかったねえ……」

おばさんはそう言った。なぜか、僕はその言葉に悲しくなり、涙が出そうになった。

札幌駅に着くとおばさんは仲間内で大きな声をだし、売り物の詰まった籠を背負いこんだ。小柄な体が荷物の陰に隠れてしまった。

「坊や、一生懸命に勉強するんだよ」

おばさんは、手をふった。泣いているようにも思われた。


これは僕が中学二年生のときのことだったのだが、その後、三年生になっての運動会の折、生徒が家族とともにグラウンドや豊平川の土手で一休みして、昼食をとる機会があった。

僕は母親が小学生の妹を連れてきたので、三人でおにぎりなどを食べていた。

ふと見ると、土手の一角に、あのおばさんがクラスのちがう同学年生、その弟妹、そして祖母らしき年寄りと食事を楽しんでいるのが目に入った。父親は見あたらないが、家族のなごやかな風景だった。

僕は見つかるのがイヤで、そちらを見ないようにしていた。

そうか、あのおばさんは息子が僕と同じ学校で同学年なのか、だからあんなにくわしく聞いてきたのか……。

すでにすすむさんは高校に進んで、僕とはいっしょに通学する仲ではなくなっていた。それでも列車のなかで偶然会ったときに、この話をしたことがあった。

「たぶんその人だろう。僕にも根掘り葉掘り聞いてきたことがあった」

すすむさんはそう言ってから、こう呟いた。

「そのおばさんの気持ちのなかには、越境入学している僕らよりも、僕らの両親への恨みがあるんだろうな」

この台詞《せりふ》を耳にしてから、僕のなかには〈越境入学の罪〉という意識が湧いてきた。すすむさんにも、それがあったのだ。

すすむさんとの会話で悟ったのは、越境入学はたしかに恵まれた存在であるにしても、しかし一皮剝けば、それはきわめてエゴイズムそのものというべき行為であるということだった。

すすむさんは高校のある時期から、その高校の通学エリアに家族ともども引っ越すようなかたちになり、こうした思いから抜け出すことを得たようであった。後年、そのことをみずからの著作のなかにも書いていた。すすむさんとの会話を機に僕のなかでも、〈罪〉の意識は少しずつ強まっていったのであった。

14

東大教授を辞めたNは、生活の手段を決まった給料でやりくりする生活から離れ、これからは思う存分に生きていくとの覚悟を固めたようであった。

Nが東大に別れを告げたのは、昭和六十三年（一九八八）の春だから、彼が自由業に転じてからの人生は「平成」という元号とほぼ一致している。

結果的にNの言論活動は、平成の政治や経済、文化、社会事象の分析となり、その背景にある東西冷戦の終焉やより大きな世界史的な動きを追いかける役割を果たすことになった。Nは時代や世間を、けっして一つのレンズでは見ていなかった。つねに複眼的な思考をするのが彼の流儀だった。

辞職するやNの下には、多くの仕事が殺到したようだったが、「まずは自分に商品価値をつけなければ」というのが親しい者との会話であった。

フリーになってまもなくのNが刊行した書は、講談社現代新書の『新・学問論』であった。担当のA氏は、たまたま私の担当でもあった。

ある日、そのA氏が電話してきた。

「Nさんと酒席をともにすることになったのだけれども、僕はひとりで彼と飲むのはつらい。というか、なかなか共通の話題も見つからないし……」

本が書店に並ぶ前には実物見本ができる。多くの場合、編集者はそれを著者の下に直接持参し、そのまま打ち上げと称して一献傾けることになるものだ。儀式のようなものである。要はその日時が決まったので、同席してくれないかという頼みごとであった。

電話口では、東大の駒場に原稿を頼みにいったときに、「新・学問論」の定義などについてあれこれ説かれたり、本づくりで細かい注文をつけられたりしていささかまいった、などといろいろな話がでた。そのあとでA氏曰く、

「Nさんは、保阪さんもこの本を読んでくれないかと言っている」

そうすると自分も話しやすいから、というのがNの意向であるらしかった。むろん同席も本を読むことも、私には異存はなかった。


こういう席になんどか同席しているうちに、Nの心が少しずつ私には見えてきた。Nはたしかに寂しがり屋の性格であった。私と会うと、白石と厚別だからなあ、札幌といっても街中じゃないんだよ、と二言目には言った。そのニュアンスのなかに、Nの等身大の姿があった。いや、みずからの目の位置を確認する響きがあった。

あるとき、たまたま二人で話しているときに、Nはある人物の名を挙げ、

「あの男をどう思うか。許せると思うか」

と尋ねてきた。私は、その男の仕事ぶりを知らないので答えようがない、と具体的な返事は返さなかった。

するとNは、自分が苛立っていることの理由を挙げはじめた。

それを聞いているうち、Nの怒りのセンサーがどこに向き、どうはたらくのか、私にはしだいにわかってきた。Nのなかに人を峻別する尺度があることも理解できた。その尺度は実は、きわめて鋭敏な人間観から生まれているようであった。

「あの男の笑いかたは世渡り上手の手さ」

という罵倒のなかに、Nの根底にある人間観が姿を見せている気がした。阿《おもね》る言葉づかい、世

慣れた動き、そういう態度には心底から怒りをもつ……それがNだった。

私はそこに気がつくと、Nに対してできるだけその話を聞き、共鳴できることにはきちんと対応するけれど、納得できないときは曖昧にではなく、はっきりと私の考えを伝えることにした。


私と二人で話しているときのNは温厚だし、怒鳴り声をあげたりはしない。しかし何人かと酒席をともにしていたり、講演会場で無作法な態度や非礼な質問を浴びたりすると激昂することがあった。それは演技ではなかった。だいたいがNのほうに分があると思うことが多かったが、そういう態度は、まわりの者にはけっして愉快とはいえないのも事実であった。

私の住む街にも地元の文化人を中心にした集まりがあった。その代表者が私を訪ねてきて、Nさんに講演をお願いしたいのだがと申しこんできた。「平成に入っての日本社会をどう見るか」といったタイトルでの講演依頼である。

取り次ぐことに異存はなかったが、講演料はNの今後の生活もあるのだから、といささか破格の額を伝えた。あえてこれがダメなら講演は受けられないだろうとも付け加えた。しかし、驚いたことに先方がこの条件を呑んだのである。

Nに「この地に来て講演をしてくれないか」と頼むと、二つ返事で応じてくれた。私の顔を立ててくれようとしていることが感じられた。

当日、Nはかなり気の張ったようすで、いまの世の胡散《うさん》くさい状況を嘆じ、自分の考える「あるべき社会像」を話した。

ちょうどテレビの討論番組などに出演しはじめていたときであった。この街の聴衆はそういう興味で参加した人も少なくなかったであろうが、Nの話はいささか自分の不満のはけ口のような内容であった。

講演の後に十人ほどがあつまり、会食になった。

その席では、むろんNが主役であった。私たちはNの話に納得し、ときに異論を挟み、そして盃を干していた。

そのうち席の端にいた青年二人が、小声で二人だけの会話を始めた。それがなかなかやまない。Nの話もそぞろになるのがわかった。本来なら私が、「君たち、この席をどういう風に思っているのか」と叱らなければならないはずであった。あるいは、主催者が注意すべきであった。

「君たちは人の話が聞けないのか」

突然、Nが怒鳴った。そして巻き舌になっていき、ときに言葉が詰まった。

「ふざけるな。人をなんだと思っているんだ。出ていけ」

声を震わせている。

Nのこういう怒りをなんどか見ているが、巻き舌になり、声が震えるほどの興奮状態になるのは、それほど多くはない。座には緊張が走り、料理を運んでくる女性が立ちすくんだ。

Nの激昂するときの口ぶりに、吃音の名残があることを私は見て取った。巻き舌になるのはそのせいかもしれないと思えた。

「吃音はいつ治ったんですか。学生運動のときは治っていましたよね」

「学生運動なんか、吃音を治すためのトレーニングセンターのようなものさ」

そんな会話をなんども交わしたことを思い出した。

「君ら、出ていってくれ。Nさんに失礼ではないか」

と、私は座の空気を修復させることに気をつかった。しばらく硬い感じがあり会話もとどこおったが、少しずつその座はまた元の空気に戻っていった。

帰り際、送りの車に乗るNに、私は今日の青年たちの無礼を小声で詫びた。

「気にしなくていいよ。こっちもこらえ性がなくなったのかな」

「そんなことはありませんよ。いい刺激になったと思いますよ」

「保阪くんの立場が悪くなることはないだろうな」

そんなやりとりのなかで、私はNの心情が、二人のあいだではあの少年時代に戻っていくことを確かめることができた。同時に、二人が五十代なかばであることを踏まえての、新しい関係が必要だとの考えが、私のなかに生じた。


吹雪がひどくなると、列車はときに一時間とか二時間も遅れることがあった。昭和二十年代の終わりのころである。戦争が終わって十年も経っていない。札幌駅の待合室は、吹雪で列車が止まるとたちまちのうちに人であふれた。人いきれが臭気となって室内に広まる。

そういう人の渦のなかで、僕もすすむさんも、さまざまな年代の人の動きを見ていることが多かった。待合室はどれほどの広さであったろうか、真ん中に通路があり、左右に椅子席が五十ほどあっただろうか、それぞれの端に売店がある。左右の中心にルンペンストーブがあり、定期的に駅員が石炭を入れにくる。待合室に人がいなければ、僕たちもストーブの周辺に集まり、暖を取ることができた。

ただ、そういうときには必ず酔っ払いがいて、なにやら喚いているのである。僕は自分の周辺に酒飲みがいたわけではないので、酔って喚き立てる大人をあまり見たことはなかった。だから怖かった。

すすむさんはさして恐れる風もなく、平気でストーブに手を近づけていた。僕はその陰に隠れるようにして身体を寄せ、暖まるのであった。吹雪で列車が遅れるときの人の渦のなかでは、ストーブに近づけず、待合室の端で身体を震わせている以外になかった。喧騒と人いきれの濁った空気のなかで、中学生二人はボソボソと自分たちの世界を作ってはそこに逃げこんだ。

いまも覚えている会話がある。それは父親についてであった。

たぶん札幌駅の待合室で父親と同じ年格好の大人たちを見ていて、話がそちらに流れていったように思う。吹雪で列車が不通になり、一時間余も駅の暗い待合室の片隅で列車の動くのを待ちながら、お互いの父親の姿を語りあったのを、なぜ覚えているのか。それは越境通学の孤独をお互いに確認する作業にそのままつながったからだろう。すでにすすむさんは、僕の父親が高校の数学教師だと知っていたであろうし、僕も、すすむさんのお父さんが元々はお寺に関係するお坊さんだったということは知っていた。しかし、お互いにくわしい話はしていなかった。

父親が好きになれない、考えがあわないというのをわかってもらいたくて、僕はさまざまなことを並べ立てた。吹雪の折にはそういう話が似合っているような気がした。

「ふつうの人と言うことが変わっているんです。たとえば、人というのは必ず表と裏がある、どんな言葉でもそうだ。だから人を信用してはいけない、などと言うんだ。それに子どもを自分のアクセサリーのように思っていて、医者になれ、数学を勉強しろとうるさいことばかりくりかえし言うんですよ」

すすむさんは黙って聞いていたあとに、こう言った。

「保阪のお父さんって、べつに変わってないぞ。親は自分の子どもにあれこれ言う権利があると思う。僕だって親父に殴られたことがあるし、ああしろ、こうしろと命令するのはしょっちゅうだよ」

慰めるような口調だった。あまりわかってはもらえなかったと感じた。

お互いに父親の恥になる部分もあったであろうが、それはまだ言えない。ただ僕は、父親の存在が自分にとって壁になっていて、その鬱陶しい言動に強い憤りをもっていた。すすむさんはすすむさんで、父親への怒りを内在させていたのだろうが、それを行動に移せるほど自立できていなかったのだ。


昭和六十一年の七月、私は『父の履歴書』と題するノンフィクションを刊行した。父親と私は、いくつかのできごとが重なって不幸な関係にあった。

私は中学の終わりから父親に抗して生きてきた。その父親が、昭和五十九年に肺がんの宣告を受けた。余命は六ヵ月と医師に告げられ、私は父親の生きてきた姿をまったく知らないことに初めて気がついた。それから父親の歩いた姿を、出生地の横浜を訪ねて、確認していった。

父が過去と絶縁して生きてきた男だということがわかってきた。病床で戦う父に、私は自分が知り得た父のそれぞれの時代の風景がいまどうなっているか、を伝えるようにした。ときに父は涙を流して聞いていて、これまで封印してきたみずからの人生体験について口をひらいた。

昭和六十年七月、父は十九ヵ月にわたるがんとの戦いの末に亡くなった。それからすぐに書き綴ったのが、『父の履歴書』であった。

私がNと再会したのは、この書を刊行してまもないころであった。献本をした記憶はなかったが、その後にNはこの本の書評を書いてくれた。さらに彼が始めた言論雑誌の『発言者』の記事で『父の履歴書』を紹介し、あわせて「保阪」に言及してくれたように思う。

いずれにしても、Nの文中の一節にはこうあった。

「保阪も私も何がしかの志を持って津軽海峡を渡ったのである」

もしかしたらあのときの札幌駅の待合室で、お互いに寒さに震えながら、父親について語りあったのをNは覚えているのかもしれない、とも私は考えた。

Nはある時期から、みずからの幼年期の体験や目撃した光景を意識的に書いている。私はすべてを読んでいるわけではなかったが、Nが送ってくれた本には目を通すように努めた。

越境入学のさまはさりげなく書かれているが、父親の仕事がたいへんなときで、中学時代は貧しかったとある。父親は厚生連（全国厚生文化農業協同組合連合会）に勤めていて、網走に単身赴任しているときだったというのであった。ある本には「少年が中学生であった三年間は、物質的生活の五段階評価でいって一のレベルをつねに低迷し」と書いてあったが、私はそんなことは知らなかった。

長じてからの雑談の折に、「保阪くんは中学生のときに革靴を履いて通学した日もあったな」と言われて、驚いたことがある。私の家とて高校教師の給料で、単身赴任の父親と私たち家族の二つの家計が維持されていたのだから、裕福なはずはなかった。革靴を履いていたとするならば、叔父たちのお下がりであったように思う。それでも当時のNのまなざしと思いがこういう記憶になっているのかと、しばし考えこんでしまった。

Nは、しばらくは原稿書きに専念していた。自由業といっても、仕事に飢える自由業ではなかった。むろん元東大教授という肩書きの力ともいえた。私とは主に文藝春秋の編集者を交えて一献を傾けながらの席での交流となった。Nはそれだけでは物足りないらしく、さまざまな紙誌の編集者や記者と酒席を作っているようであった。私はさして関係の深くない紙誌の編集者とは交わってはいなかったので、その交友関係は知らなかった。

東大教授を辞めて五年目のころだっただろうか、Nはある保守系雑誌の大賞を受けた。私はこの雑誌編集部に知り合いはいたものの、それほど親しくはなかった。

「友人代表が祝辞を述べることになっているんだけれど、保阪くん、引き受けてくれないか」とN本人から連絡があった。私は喜んで引き受けると答えた。保守系のこの雑誌の姿勢に強い関心をもっていたわけではなかったが、彼のために私のできる範囲での協力をするのにやぶさかではなかった。

15

Nは神経が細やかで、会話を交わしていても相手のその言葉にどういう意味がこもっているのかを瞬時に探ろうとする。私は、そういうNの細やかさは少年期のころからだと思うと同時に、その後の人生でさらにそういう感覚が磨かれたのだとの感を受けた。学生運動の渦中にあって、他者との信頼をいかに構築するか、それに疲れたのだろうな、との実感ももった。

なぜそんなことを言うかというと、Nが保守系月刊誌の大賞を受けたときに、その授賞式で友人代表として挨拶するように頼まれていた一件がある。Nとすれば、政治的にも、人脈上でもさして色つきではないところが好ましく思ったのだろう。私も快く引き受けた。ところが当日の朝、体調を崩して入院していた息子が、さらに容態が悪化して私と妻は、すぐに病院に駆けつけなければならなくなった。私はとまどいながらすぐに主催団体に連絡して、Nの授賞式に出席できない旨を詫びた。本人の事務所にも連絡して、お詫びの伝言を託した。

特別に出席するのが嫌だというわけではない。挨拶が嫌だというわけでもない。そのあたりは容易に伝わるだろうと思っていた。後日にあった折に、あらためて事情を話して詫びた。Nは表面的には納得してくれたのだが、会話の節々から、ほんとうは出席したくなかったのだろうとのニュアンスが感じられて、私は愕然とした。

Nの心中には、そういう屈折した感情が常にあるかのようであった。私はそういう感情に気がついたときに、彼との会話は常に真剣であらねばならない、正直な会話を交わさなければならないことを理解した。

Nはテレビにもしばしば出演するようになり、とくに深夜の討論番組の常連の出席者として、ときには道化役のような役割も引き受けた。意図的に左派のリベラル派を挑発したり、議論をおもしろくするためにあえて罠のある言いかたを仕掛けたりすることもあった。日本は核武装すべきとか基本的人権に対しての異議申し立てなど、どこまでほんとうにそう思っているのか疑わしい論を口にしている。私はその種の番組を見ていて、密かにNの計算がうかがえて感嘆することが多かった。

Nと私、そして心を許していた編集者たち数人で酒席を持ったときに、「Nさんは無理して演技している面もありますよね」と言ったことがある。不意に怒りの口調で「そんなことはない」と語気を強めた。もし他の誰かだったら、次に怒鳴り声をあげただろう。たぶん私が相手だったせいもあるのか、いくぶん巻き舌になっただけだった。

しばらくまた談笑に戻ったのだが、ふと私の耳元で、「あの番組は営業だよ。こっちも営業品目を増やさなければならないしさ」とつぶやいた。営業、などという言いまわしはテレビに出入りしているうちに覚えたのであろう。

「元東大教授」は営業品目に入るのでは、と私が尋ねると、苦笑いを浮かべて、「営業品目にいちばん入らないよ。それより、どうだい、僕とあの番組に出ないか。この世に刺激を与えるんだよ」と囁いてきた。

「それだけは勘弁して。僕は活字の側にいるんで、テレビは嫌ですよ」

じつはこの番組のプロデューサーであるKさんと、私は京都にある日文研（国際日本文化研究センター）のある研究班のメンバーでもあった。Kさんは何人かに、「出てみないか」と誘いをかけていたが、私自身は他人と議論する習慣をもっていないのでと断っていた。Nにその経緯を知らせると、「あれはひとつのゲームだよ。真面目に考えたら論じるテーマが大きすぎる。だからそれをわかりやすくするゲームだと思えばいいんだよ」と笑った。

そういう言葉の端々に、N特有の皮肉が宿っていて、私はその心中の底に渦巻いているなにか怨念のような炎を感じた。そういえばNには、戦後民主主義の偽善を見抜こうとする目が少年期のころから宿っていたのだ、と私は思い出した。

午後三時半過ぎの列車で帰るときに、僕とすすむさんは、しだいに大人びた会話を交わすようになった。札幌駅の待合室で、あるいは列車のデッキで風にあたりながら、二人の会話は中学生にはどうかと思われる会話に進んでいった。中学一年生のはじめには、僕も武者小路実篤とか鈴《すず》木三重吉《きみえきち》、あるいは江戸川乱歩《えどがわらんぽ》の探偵物から芥川龍之介などへと進んでいたのだが、やがて読書の幅はたちまちのうちにさまざまな分野に広がっていた。

細かいことは忘れてしまったが、ある日、僕は鞄のなかに『鐘の鳴る丘』という書を入れていた。昭和二十年代の初めのラジオでは、夜の六時ごろからでなかったかと思うのだが、子ども向けのドラマを放送していた。「三太物語」（「おらあ三太だ」で始まるドラマだった）や「怪傑黒頭巾」などの放送劇に僕らは聞き惚れた。なかでも「鐘の鳴る丘」はもっとも人気があった。それが単行本になっていて、私は級友に貸すために鞄に入れておいたのである。

すすむさんはそれをめざとく見つけた。

「それ、貸してくれよ」

「……いいですよ」

級友に貸すことになっているとは、なぜか言えなかった。すすむさんに貸すほうがはるかに、僕にはうれしい。

「妹たちがずいぶんあの番組が好きだったんだよ」

とすすむさんは、弁解するように言った。

僕らはもうこんな本は読まないけれどね、というのがお互いの了解であった。僕も、たぶんすすむさんも背伸びをしていたであろうと思うのだが、夏目《なつめ》漱石《そうせき》などを話題にして、いっぱしの大人びた生活のなかに首を突っ込んでいるかのような空気を味わったりしていた。

「保阪は最近どんな本を読んでいるの？」

ときにすすむさんに聞かれると、僕は芥川龍之介の名を挙げた。「誰か作家の本を読むときにその作家の本は全部読むのか」との問いにも躊躇《ためら》うことなく頷いた。僕はそのころ芥川の小説を全部読もうとしていたから。

なにがいいのか、と聞かれて、僕はさらにうれしくなって「最近読んだのは、『河童』だよ」と、そのストーリーを憑かれたように話しはじめた。

河童の国では、生まれてくる前に、電話をするように外の世界と話すんだよ、生まれてきたい、といえば生まれてくるし、嫌だ、こんな国は、となれば生まれてこないんだ、という話をそれこそ自分の降りる駅に列車が着くまで、得意になって話しつづけた。すすむさんは、帽子を頭の横に動かして耳を寄せ、鞄を抱えて、僕の話を聞いていた。

なぜこんなことを、そのときの情景までも覚えているかといえば、僕がホームに降りるときに、すすむさんが「おい、『鐘の鳴る丘』とはまったく違う世界なんだよな。芥川の小説は」と確認するように言ったあと、「中学一年で読むのは早いよ」とポツンと呟いたからだ。そのときは吃音ではなかった。

僕は直感的に「すすむさんは、まだ『河童』を読んでいないんだ」と思った。

このことは僕にとって、子どもから大人の世界に入っていく号砲のようなものだったのかもしれない。僕は家に帰るとすぐに、次は森鷗外《もりおうがい》を読むんだと決めた。そしてすすむさんに今日のように説明してやろうと決めた。これからの自分の読書は、すすむさんの読んでいない本を読み、説明することだとも思った。

社会主義に関する書さえ読んだ。と言ってもわかるわけではなかったが。『共産党宣言』や『空想より科学へ』など、ページを開いても内容を寸分も理解できない。「おまえ、そんな本をどこからもってくるのか」とすすむさんは聞いてくる。僕が叔父の部屋の本棚から抜いてくる、というと、すすむさんは、「反イールズの北大の叔父さんだな」といくぶん吃音のようすで語るのであった。なにか気にかかることを質問するときは、すぐにそうなるのである。急いで話そうとするからと、僕には思えた。

すすむさんも自分が読んだ本や見た映画などを、語って聞かせてくれるようになった。僕がその後も忘れない話は、いくつもあった。ディズニー映画の「砂漠は生きている」に類するドキュメンタリー映画を集団鑑賞で見せられたときがあった。僕も興味をもって、この種の映画を見た。未知の世界だったからだ。

たぶん学校帰りの列車のデッキだったと思う、やはり生物の世界は弱肉強食なんだねと話す僕に、すすむさんは言った。

「あの映画を見てどう思ったか。感動したのか」

「けっきょく弱いものは残酷に殺されるんだ」という答えを返すと、すすむさんは意外なことを言い出した。

「そうなんだ。いいか、なぜ僕らにあんな映画を見せると思う？　あれは資本主義の世界は強い奴が勝って、弱い奴は負けるということを、ディズニーのような映画を使って僕たちに教えているんだ」

「へえ、なぜそんなことを僕らに教えるのさ。動物の世界の話じゃないの」

「違うよ。あれはな、アメリカの思想教育なんだぜ」

「思想教育……」

僕はその意味がわからずに、考え込んでいた。

誰にこのことを確かめればいいのか、従兄弟の竹沢にでも確かめるべきなのか、迷った。すすむさんとの話はここで切れて、僕は自分の降りる駅に着いたので、そういう疑問をもったまま家に戻った。なんだか母親に聞くのは憚るような内容なんだろうと思って黙っていた。

16

自由業となったNは、社会的にはあちこちに顔を出し、本人が密かにつぶやいた「営業品目を増やさなければならないしさ」という言葉をそのまま実践していった。その分だけ孤独な心境になっていったようであった。

Nの心理のうちに、生真面目な、妥協をゆるさない、一本気なところがあった。私は酒を飲むほうではなく、酒席をともにしていても一定の時間がくれば帰りたくなる。当時、練馬に住んでいて、JRや私鉄に乗って終電近くに帰るのが面倒でもあった。酒の匂いがあふれる車内にいることだけでも気分が悪くなっていく。

「ときどき電話をくれよ。いつでも誘ってくれたらつきあうんだから」

とNは言う。私はうなずきつつも、長酒は体力の上でも持たない、という言葉を返す以外になかった。そのうち保阪に避けられているのではないかと、Nがある編集者に言ったらしく、そういう心配をするのがNの性格の一端であることもわかった。

正直に言えば、私はNと冗談話や取り止めもない話をしているのが苦痛ではなかった。むしろ楽しみであった。たとえ満座のなかでも二人の会話が弾んでいくのは、やはりなにか共通の地盤があるからだと思った。

酒席のNとは、ときどきあの中学時代の越境入学の思い出話に戻ることがあった。彼は厚別駅を〇七時〇一分だったかに乗るのだが、私が白石駅でその列車に乗るのは〇七時一二分であった。そして札幌駅に着くのが〇七時二四分である。札幌駅から市電に乗って、私たちの通っていた中学までは、三十分ほどかかったのではないだろうか。

私の思い出と彼の思い出とはまったく異なるときがあった。その時代の記憶を照らし合わせているうちに、お互い学校からの帰りに鞄を持って映画に行ったり、冨貴堂という本屋に寄ったり、とそれぞれ好き勝手に街を風来していたことも確認できた。

「このまえさ、息子とまちこが親子喧嘩したんだよ。そして息子がまちこを押した。それでこっちは腹が立って、おい、てめえ、俺の女に手をかけるな、って言ったんだ」

私が吹き出すと、Nはどうだと言わんばかりに笑顔になって、目を細めた。夫人のことをいつも名前で呼ぶのがNの流儀であった。

「息子さんはどうしましたか。びっくりしただろうな」

「どうだい、いいセリフだろう」

「僕もこんど言ってみますよ。ちょっと巻き舌風がいいんだろうな」

そんなたわいもない話のなかにNの安らぎがあり、そういう安らぎを求めての酒席であることが、私にもわかってきた。

私たちが酒場でこうした会話を交わしているのを聞いていた編集者が、「二人はなんで知り合ったの」と口を挟んでくることがあった。

「厚別と白石なんだよ。中学時代から汽車通学なんだよ」

それ以上は言わないと、Nは質問をはねつけた。私もそれ以上は答えなかった。

テレビで名が知られ、評論家として熱狂的な読者を持つようになり、信頼できる編集者にも恵まれていくのに、どうしてNは焦慮に駆られているかのような言動に走るのであろうと、私には不思議であった。

「Nさん、少しのんびり自由業の気分を味わったほうがいいと思うけど」

と私は、やはり酒場であったか、さりげなく呟いた。そのとき初めて私は、Nの「怒り」が心底からのものであることを知らされた。

「いいか、保阪」

と、私をいきなり呼び捨てにして、一気に言葉を吐いた。本音を洩らすときの口調と滑舌。

「今に見ていろ、と思わないか。こんななにもかも壊れてしまった世のなかで、いいかげんな言説が跋扈《ばっこ》して、嘘八百の綺麗ごとに振りまわされて、根性が腐ってエヘラエヘラして……。建て直すんだよ。それも北海道を建て直すんだ。そうだろう、だから協力しろ。北海道をあるべき姿に作りあげるんだ。冗談じゃないぞ」

ときどき吃音が混じったのは興奮しているからだと、私にはわかった。意外なことにNの目には涙が浮かんでいた。東京で裏切られたり、あるいは裏切ったりの生活に疲れているのだろうか、と思った。

あのときに寒風が吹きつける列車のデッキに立ちながら、大人たちの渦のなかで中学生の私たちは小声で言葉を交わし、垣間見る彼らの世界に耳を傾けながら、なにかを決意していたのだと感じられてきた。あのときの純粋な気持ちこそ、いま必要なんだと私に訴えているのだな、と気がついたとき、ほんとうはNには冗談や屈折した言葉は無用なのだろうと、私は心中で呟いた。


とにかくNは月刊誌の刊行に漕ぎつけた。どういう経緯があったのか、私は知らない。いかなる人脈によるものか、スポンサーが申し出てきたのか、それとも自分から当たりをつけて口説いたのか……。

某社でNの担当だった人物が編集責任者となって雑誌は編まれるのだという。私は誌面づくりに直接関与しなかったので確言することはできないにせよ、Nは真剣にこの雑誌の発行責任者として対応していた。

『発言者』と名付けられたその月刊誌は、さしあたりNの足場になった。創刊号から意外にスマートな、上品な雑誌に仕立て上げられたのは、私にも驚きであった。

この月刊誌の内容も、相応にレベルが高かったのは、むろんNの意気込みもあったし、その友人たちの支援もあった。加えて編集者もまたNの意欲にうながされて、この月刊誌に彼本来のエネルギーをぶつけることに使命感をもったからだった。『世界』や『中央公論』、『文藝春秋』などに負けない月刊誌にしたいものだ」という言も聞いた。

「とにかく毎号書けよ。どのようなテーマでもいいから。毎月書いてくれるだけでいい」

くりかえしになるが、この雑誌がどのような背景で、しかも財政的にどう経営されているのか、私は知らない。ただ、原稿を書くと、原稿料はきちんと払うとNは言うのであった。さらにおおかたは編集者が交渉してくるのであろうが、執筆者の承諾の多くはNの名声や人望に惹かれてのことであると知らされた。

初めの三、四回になろうか、歴史に関わる幾つかの雑観を書いたのだが、なんだか物足りない。そんなとき、どういう機会であったか、二人で話しこんでいるときに、Nに質された。

「いま、なにを書きたい?」

「そうだねえ、〝吉田茂〟を書きたいのだけど……」

私がなにげなく呟くと、

「おもしろい! それを書いてよ」

強い促しだった。

昭和という時代は前期、中期、後期と三つの時代に分かれるけれども、それを代表する首相というのは、好悪は別にして、東條英機、吉田茂、そして田中角栄《たなかかくえい》の三人だと思う、彼らの評伝を

書くのがさしあたり目標なんだ、とより詳しく説明すると、

「わかった。とにかく吉田茂だ。何回でも好きなだけ書くといい」

「えっ、ほんとうにいいの?」

「この雑誌はそう簡単には潰れないんだ。いつまででもいいよ」

Nはいつものように目を細めて笑った。

むろん私が会社の財政的な心配などしたところで、お金には縁のない物書きなのだから、どうにもならない。ただ、私なりに近い距離から、この雑誌の経営や編集の動きを見ていると、Nはたしかに発行者であり、編集上でも責任者という立場である。そして組織形態は株式会社になっている。まさに小さな出版社の社長と言ってもよかった。

Nにいくつかの才走ったところがあるのは承知していたが、この方面にもこれほどの才覚と力倆をもっていることに、私は驚いた。


私は、『発言者』で平成六年(一九九四)六月号から、平成十二年(二〇〇〇)七月号までの六年余にわたり、「私説・吉田茂伝」を書きつづけた。連載は六十四回、一回に四百字詰め二十五枚ほどだから、総枚数で千六百枚にも及んだ(のち『吉田茂という逆説』として中央公論新社より刊行。現在『吉田茂　戦後日本の設計者』として朝日選書)。この間のNの動きを、私はよく知ることになった。

Nは優れたオルガナイザーであった。全国いくつかの都市に、『発言者』の読者を中心にした

「発言者塾」を作り上げた。むろん札幌にもこうした塾を作り、ここでは単に講演会をおこなうだけでなく、将来は月刊の冊子を作り、「北海道を覚醒させよう」との意思を示していた。私も札幌にしばしば行って、札幌「発言者塾」の講演や雑誌づくりに協力した。Nも私も、還暦を過ぎる年齢になっていたが、それでもこと札幌、そして北海道を守り立てようとの意思は、燃えていく一方であった。このころを思い出すと、まるで少年時代に戻ったような初々しい時期であった気がする。

札幌での「発言者塾」主催の講演会でのことだった。

私は「なぜいま北海道にエネルギーが必要なのか」について、明治初期に晩成社を起こし、帯《おび》広《ひろ》に入植した依田勉三《よだべんぞう》を例に取りながら話した。その後にNがかなり強い口調で、北海道左翼の甘さを説いた。このころのNは、むろん意図的ではあったのだが、左翼的発想の甘えを鋭く衝いて、現実へ向き合う姿勢の確立を訴えるのが常であった。私はその論に必ずしも賛成ではなかったが、その論理にはある意味での警世の迸《ほとばし》りがあった。

講演を終えたあと、五百人は入っていた聴衆を前にNは、「なにか質問がありますか」とマイクを向けた。すると三十代と思しき女性が、後ろの席でマイクをもって質問に立った。中学の教員と名乗ったと今も記憶している。

その質問は、Nの話した内容に対する、きわめてありきたりの批判であった。たとえて言えば、Nの考えかたは保守というか、右派的であり、革新陣営への攻撃ではないか、との意味だったように思う。

私はその質問を聞いているうちにある予想ができた。Nのもっとも嫌う通俗的な内容だったからである。質問が終わるか終わらないうちに、Nは罵声を浴びせた。巻き舌になった。予想どおりであった。

「アンタ、なにを言っているんだ。こっちの内容を聞いていたのかっ。そんな考えで教師をしているのか。アンタのような意見がもっともタチが悪いんだ」

と雑言を投げつけた。

質問に答えるのではなく、アンタのような考えかたそのものを批判しているんだ、としばらくは怒りの言葉が次々と口から吐かれた。吃音になることもあった。

その女性教師の付近で、私の妻は講演を聞いていた。

「あの女性は声をあげて泣いていたわ。Nさんって怖い人、と誰もが思ったに違いないわ」

恐ろしい光景を見たように妻は語った。誰もがそういう受け止めかたをしたに違いなかった。

相手が中学校の教師だったから……。Nの怒りの理由はそこにあると私には理解できた。あるいは私だけが密かに理解できていると感じた。N、そして私の心中にある原風景。それがわからない人に対しての索莫たる思い。私はこのとき、Nに強い連帯の感情をもったのである。

17

札幌での講演会はたぶんこのときが最初であった。Nの設立した発言者塾は、地方でもそれぞれ講演会を開いていくのだが、札幌にはとくに思い入れがあった。私もNも札幌出身という経歴もあっただろうが、老いるに従い札幌という街の空気がそれぞれの肌と折り合いが付いていたのであろう。

ともに郊外の白石と厚別から、列車と電車で越境通学していたときに、札幌駅から南21条の柏中学まで毎日通うというのは、はからずも札幌の北から南に直線で通り抜けるようなものであった。人口三十万余の中小都市など考えてみればそれほど大きな街ではない。その街の中心を毎日、中学生の身で通うというのは、慣れてみればこの街の空気を自分の体に染みこませるようなものであった。私もそれほどからだの大きなほうではなく、Nはもっと小柄であったから、体に染みこんでいくこの街の匂いやら汗やら、さらには昭和二十年代終わりのむせるような雰囲気は幾重にも私たちに取り憑いていたであろう。

札幌の講演会はそういう匂いの塊、すなわち記憶を期待しての集まりであった。故郷に錦を飾るなどという語がふさわしいわけではないのだが、Nや私にはそういうノスタルジーもあったはずだった。

ところが講演会での中学教師の質問は、そういうノスタルジーをすべて破壊する内容だったのである。平成という時代のもつ平和慣れした空気のなかで、時代に媚びるような教師の質問に、Nは怒りをそのままに、「アンタのような、なんらの進歩も知恵もない人の言説が、北海道を毒しているんだ。こういう講演会に来ないでほしい。みんなの迷惑だから」とまで言った。私は壇上の講演者のひとりとして拍手したい感情をもった。

この日の懇親会の席で、私は隣に座ったNに、「あのとき、〝昔、柏中学にいたときにアンタみたいな偽善者のSという体育の教師がいたよ〟と言ってほしかった。いやもっと言ってほしい教師はいるけれど」と小声で囁いた。Nもたちどころに二、三人の名を挙げた。私にはすぐにその教師への反感の意味がわかった。私やNのように越境入学をして通ってくる生徒にいやがらせの言を吐くのである。それもネチネチとした正義の言説を口にしながら、である。私はNの挙げた教師の名を忘れていない。Nもまた屈辱の感情をもっていたのである。

そういう教師は、だいたいが民主主義風の綺麗事を口にするタイプであり、札幌にはその種の教師が多いことも私とNとの共通の理解だったのだ。

私がNに対して強いシンパシーを持つ理由はまさにその点にもあった。

けっきょく、私は一円の出資金も出すことはなかったが、Nはその構想どおり事務所をつくり、雑誌『発言者』を刊行した。私は約束を果たすべく吉田茂の評伝を書くことになった。毎月、編集部に籍を置くNの娘さんに励まされて、とにかく書き進めた。「書きたいだけ書けばいい」と言ってくれたNの言葉に甘えたせいもあるだろうが、この仕事は私なりに楽しい仕事であった。

Nはもともと寂しがり屋の性格だから、人が自分を無視するような態度を取ると我慢がならない。私は他の人とはまったく別なかたちでつきあう関係になった。私を信用したのか、あるいは仲間として裏切らないと見たのか、繊細なことでも話してくる。私はなんどか、「Nさん、そういう話はしないほうがいいですよ。聞かされた私も困るのだから」と答えることもあった。

「そう言わずに聞いてよ」とNは屈託なく言い、たとえば「あの男はどう思うか」と酒場の隅で聞かれたこともあった。「その人物を詳しくは知らないから……」と答えると「そいつはこういうやつで、こんなことを私に言うんだ。どう思う?」と畳みかけてきたりする。私は酒飲みではないから、酒の席には長居をしたくない、それなのにこの手の話をもちだされると、心理上の疲れは倍加してしまうのである。

Nは雑誌を刊行することになって、年に二、三度、親しい編集者や作家、さらには大学教授など、いわば身内の仲間と語らい近在の観光地などにバス旅行をおこなうことがあった。そういう息抜きもNには必要だったのであろう。

私は妻と必ず参加することになった。妻はNを怖い人と見ていた。札幌での講演で、Nに怒鳴られて泣いている女性教師の姿に衝撃を受けていたのである。妻は「Nさんはすぐに怒鳴り、感情を丸出しにする人」という目で見ていた。

Nもそれに気がついたらしく、

「僕は保阪君の奥さんに嫌われているからなあ」

と、愚痴ることがしばしばだった。

「札幌での一件があまりにも印象が強かったので」

と、答えると、Nは私をふりかえって、

「あのとき怒鳴ったのは、保阪君の代弁だったんだよ」

私がうなずくでもなく、返事を返さないと、Nはむきになって同意を求めた。

こうした小旅行では、私と妻、NとN夫人の四人で会話を交わすことが多かった。私たちの会話は札幌の思い出だったり、私の妻の故郷の金沢の話であったりした。そんなときのNの会話は日ごろの堅苦しい、あるいは皮肉に満ちた内容とはまったく趣が異なっていた。気持ちがゆったりとくつろいでいるときのNの表情は、目を細めての優しさにあふれていた。

そういうNを見た妻が、

「Nさんはどうして日ごろもそういう感じでお話しにならないのですか」

と、疑問とも詰問ともつかぬ調子で尋ねたとき、

「それは保阪君にきいてよ。彼なら知っているはずだよ」

と、Nは笑った。Nのそうした表情のなかにこそ、彼の本心が潜んでいることが私にはわかった。それは中学生のときに日々時間をともにするなかで作られていったものだと知っていたし、当時のことを私は細かに思い出すことができた。Nのそういう表情は、毅然とすべきときに見せる表情なのであった。

18

僕たちが中学生だったのは昭和二十年代の後半である。すすむさんは昭和二十六年（一九五一）四月から二十九年三月まで中学生であった。僕は一年遅れの昭和二十七年四月から三十年三

月までである。いずれにしても昭和二十年代といえば、まだ戦争の残りの風景が、いくつもあちこちで見えた時代であった。

そういう戦争の風景は、僕たちには「気分が悪い」との一言で語ることができた。日ごろは午後三時台の列車で自宅に帰るのだが、学芸会の練習などで遅れるときがあると、午後六時台のもう薄暗い列車になってしまう。それがなぜ嫌かといえば、だいたい酔っ払いが乗っていて、なにやら絡んでくるからであった。面倒だし、なにより怖い。とくにデッキに立っているとそんなことに出会いやすい。

その日もデッキに立って、すすむさんと取り留めのない話をしていると、酔っ払いがなにやら呟きながら乗ってきた。作業衣姿である。たいていの学生たちはもう帰った時間だし、サラリーマンはまだ少ない。僕は客車内に入っていようかと思ったが、すすむさんは「いいよ、ここで」と、とくに怖がる風でもない。

酔っ払いにとって汽車の揺れはさらに酔いを深めるのであろう。しかも時折ゲップをする。僕は一刻も早く逃げ出したかった。

酔っ払いの呟きは、初めはボソボソと、なんだかよくわからなかったが、慣れるにつれて聞き取れるようになってきた。アッツとかキスカとか言っている。

アリューシャンの生き残りなのか……。

僕は初めてその酔っ払いの表情をうかがった。真面目そうな、そして気の弱そうな、三十前後の青年に見えた。

「おじさん」

と、不意にすすむさんは叫んだ。

「おじさんはアッツ島の生き残りなんですね」

その青年は、いきなり姿勢を正して、

「アッツの連中はみんな死んじゃった。……仲間はみんな、いねんだよ」

と、涙声になった。

「俺はな、アッツではなく、キスカに回された。だから生きて帰った」

と、人目も憚らずに泣きだす。デッキには四、五人いたであろう。

すすむさんは、大人びた口調で言った。

「おじさん、しょうがないよ。それが運命なんだよ」

そのときのすすむさんの口ぶりは吃音ではなかった。僕はなんと言っていいかわからず、首を縦に振って、酔っ払いにもいろいろなタイプがいるんだな、と心中で呟くだけだった。

僕がすすむさんをあらためて尊敬するようになったのは、このときの毅然とした態度にあった。生き残ったものは運命を背負って生きていくという意味が、僕にもぼんやりとわかってきたのである。

このときの記憶は、私の心の底に今も刻まれている。戦争の傷を背負って生きている、ということが、自分自身のテーマになるなどとは考えもしなかったが、結果的に私はそういうテーマを追いかける作家になった。Nには感謝しなければならない。

やはりバス旅行だったと思うのだが、この話が話題になったことがある。Nはアッツとかキスカには北海道出身の兵士が多かったから、必ず誰か周辺にはいるはずだよ、と言う。そのとおりであった。

私の母の弟がキスカ島から帰還した将校であった。私はそういう体験を直接聞いたことはないのだが、アッツ島の話がでるとなにも言わないで、俯いてしまうと聞いたことがあった。さまざまな想いがあるのだろう。

Nと再会したころには、私にはすでに昭和史の聞き書きの蓄積があったから、アッツ、キスカに送られた兵士たちで作る戦友会などについても、かなり多くの知識をもっていた。ただ、中学時代の通学時のデッキで聞いた酔っ払いの話が、私の関心の引き金になったことについては、Nには言わなかった。なんだかお手軽な感じがしたからであった。するとNは意外なことを言い出した。

「保阪君、デッキで会った酔っ払いだけどね。いまだからこそ言うけれど、あの男のことは知っているんだよ。うちの近所の人だ。でもあの男は、僕のことなんか知らんよ。どういうことか、ということになるけれど、あの男は戦争の終わったときに北海道防衛の部隊にいたんだな。それで八月十五日にその部隊は、厚別周辺で札幌防衛の陣地に張り付いていたんだけど、玉音放送のあと、そこから街にぞろぞろ出てきた部隊のひとりなんだ」

どうしてそんなことをNが知っているのか、私には不思議であった。

「なぜ知っているかって言いたいんだろう」
とNは言い、詳しい説明を加えた。意外にNも終戦末期の軍の動きについて詳しいのに、私はおどろいた。Nは一見するとそんなことにはさして関心を示しているとは思えないのであったが、そういう情報はみずからの戦争体験から来ているらしかった。

北海道防衛、つまり札幌防衛の部隊は、月寒《つきさむ》の歩兵第二十五聯隊の役割でもあるのだが、この部隊の一部は穴掘りばかりをしているうちに終戦になったようであった。そして山から降りてきた兵士たちは、しばらくこの街の民家に泊まったりして、時間を過ごした。Nの家の隣りは寺であったから、泊まりこそしなかったが、昼にお茶を飲みに来たり、庭で相撲を取ったりしていたというのであった。

そのうちに兵士たちは故郷に帰っていった。それは秋口にさしかかっていたころであった。なかに北海道の田舎に帰ってもしかたがないと、この地に腰を据えようという若者も出てくる。北海道の都市から離れた田舎より、こちらの方がまだ札幌に近いし、なにより便利である。少なくとも都会的な空気に触れることはできる。

やはり新宿の酒場の一隅で、私はNの話を聞き終えたときに、不意に思いあたった。あの酔っ払いはアッツ島に行かずにキスカに回され、そして最後は北海道防衛に駆り出されたわけだが、しかし、あの男の呟きの意味はそんなところにあったのではない。私はようやく気がついた。

「あの男は、ほんとうは死にたかったんじゃないのか」

「…………」

「生きていてもしかたない、というのが本音だったんだろうね。僕らはまだ子どもだったたからわからなかったけれど、あのころは死んだほうがいいという男たちは多かったんだと思う」

「……そこだよ。戦争が終わったとき、こっちは小学校の一年生か二年生だよな。いや保阪君はまだ小学校に入る前になるか」

「ええ」

「僕は覚えていることがあるんだよ。山から降りてきた兵士たちはもう意気消沈してシュンとしてたよな。ところが女たちはすごいよ。なんて言ったと思う？　〝あんたたち、一回の戦争で負けたからといって、それでこの世は終わりじゃないよ。まったく骨なしなんだから〟って」

Nはなにか特別のできごとにでも出会ったように、この言葉に感動したとくりかえした。その女たちというのが、自分の母親を含めてのことだというのはすぐにわかった。

Nの書いたものを読むと、母親への思慕の感情がことのほか大きいことは明瞭だが、それ以外の女性に関する文章でも、だいたいが母親を想定して描かれていることがすぐにわかる構成になっている。

「日本の女はすごいよなあ」

と、Nはくりかえした。私は、「そうかなあ」とひとりごちながら頷くでもなく、否定するでもなく、Nの表情をうかがうだけであった。

私たちがデッキで見た酔っ払いは、その後どうしたのだろう。厚別に住んで、そこで職を得て、そしてやがて伴侶を見つけ、家庭をもち、その地で人生を終えたのかもしれない、と私にも思えた。こういう世代の悲しさにふれたときのNの感情が浮き彫りになると、私もそれに似た思いになるのであった。

Nは北海道の守り立てを企図して『北の発言』も刊行していった。『発言者』と平行してである。どういうルートで、あるいは誰がNに刊行を勧めたのかははっきりと知らなかったけれども、大方の見当はついた。それは目次に並ぶ名を見ているとわかることであった。

『北の発言』は、Nにとって北海道へのご奉公のようなものであった。見本とも言うべき「0号」という準備号は平成十五年（二〇〇三）一月一日号であるが、その編集作業は平成十四年に入ってすぐから続いていた。

もともと雑誌を出したい、協力しろ、そのための母体の組織も作る、君も百万円出してくれ、という話であった。けっきょく、Nは私のような一介の物書きにとって百万というのも大金だと気がついたのか、この件はうやむやになったとはすでに記したが、Nも雑誌を出すなどというのは個人の仕事ではない、スポンサーがつかなければとうてい無理だとわかったのであろう。そしてスポンサーを見つけ、初めに『発言者』を定期的に刊行して、ある程度の実績を積んでから、こんどはもうひとつ、『北の発言』を出すことに決めたのであった。

私に才覚があるならば、Nとの間でもっと大きく、そして派手に、総合誌の刊行に力を入れられるはずだった。しかし私は、そういう組織を作るにはまったくの素人であった。Nに協力ができないことに、私はしばしば苛立った。

これもなにかのパーティーの帰りに、例によって新宿のバーに二人で寄ったときに『北の発言』について話したことがあった。

「やはり北海道からの情報を、的確に発信すべきだということも大切だけれど、要は北海道の有志に覚醒の意識を植えつけるんだ。なんでもかんでも官に依存して、そして自立の精神を忘れているのは情けなさすぎるよ。これを見てよ」

と言うなり、Nはポケットから一枚の紙を取り出し、テーブルに広げた。Nは達筆なのだが、いくぶん角ばった文字で次のような一文がたしかに書かれてあり、結びにはその署名があった。初夏の夕方であった。馴染みのこの店にはまだ客も少なく、クーラーの音が聞こえるような静けさでもあった。私は一文字ずつたどりながら、Nの真意を確認していった。


我らは草莽崛起《そうもうくっき》の覚悟で我らの郷土を希望の地とします。本誌は道民の知識、情熱、意欲を結集する場となります。道民の皆様に Be ambitious, join us と心から呼び掛けます。


私は一文を口にしつつ、不意に涙が出そうになった。このとき私は六十二歳、Nはすでに六十三になっているはずであった。いまさらながら草莽崛起という語のもつ意味を思い出したのである。

吉田《よしだ》松陰《しょういん》のこの語は幕末維新のころにたしかに使われている。しかし、このごろはほとんど使われない。私は、吉田松陰のような精神で国の改革をおこなうと説いているNに、ああ、この男は本気で北海道を変えようとしているのだとの思いをもったのである。

Nは、私に連名で署名するか、と聞いてきた。「私は先頭に立つつもりはない。この一文で言えば、join us の側にいたい。希望の地にすることには賛成だし――」と答えるにとどめた。

私はじつのところ、Nにはもっと大所高所の理論を語ってほしかった。吉田松陰の精神に学ぶのは大切なことだろうが、Nには北海道の経済にまったく新しい理論をもちこむべきで、どうせならN理論の実践をと望んでいた。

それでもNがこの一文を書いているときの心情に想いを馳せると、思わず涙が出そうになるのだった。

人と人の関係は複雑である。どういう意味かと言えば、友人としての二人のあいだには共有する思い出や記憶の構図が残っているにしても、一定の時期を過ぎればそれが二人の対立や衝突の原因になっていくことがある。

私はこの十五、六年後にNの自裁に出会うのだが、彼とのあいだがもっともうまくいっていたのは、『発言者』に続いて『北の発言』が新しく刊行されて、Nも出版人やら評論家やら、あるいは作家やタレントなどいくつもの看板を掲げて元気そのもののこの時期であった。

奇妙な表現になるのだが、万事好都合のときに少しずつ隙間風が吹くようになった。むろん最初のころはわかりづらいところもあったのだが、しだいに私とNとのお互いに、「それは違うんだがなあ」との感想が口にのぼるようになっていった。

『北の発言』に掲載されるNの言葉は、私を感激させたが、逆にこの程度の内容よりももっと重みのある表現を待ち望んでいた私の想いがNへの苛立ちに変わっていくことになった。

同じころになるのだが、「Nさんとうまくつきあうにはどうすればいいのだろうか」といった相談をもちかけてくる編集者も少なくはなかった。私はいつもこう答えて突き放した。

「それは外円の法則を守ることが大切で、そのルールを守れない人はNさんとは終生つきあえないよ」

Nとの友情を保つにはきわめて厳格なルールが必要であり、またそれは人間学の第一歩だと強調した。Nとの友情を通じて私の学んだことがそれであった。

19

「ガイエン?」

と、だいたいの者は怪訝《けげん》な表情になる。口に含んだ酒を漏らすものさえあった。

「そうさ。外円だよ。外縁でも外苑でもない。外側の円ということだよ」

私はけっきょくその意味を説明しなければならなかった。頷く者もいれば、まったくわからずに首を捻るだけの者もいた。それでも頷く者は私の言う意味をよく理解してくれたようだった。

Nと長くつきあうには、この法則を守る以外にない、と私は思っていた。ごく簡単に言ってしまえば「親しきなかにも礼儀あり」との意味になるのだろうが、それだけでは言い尽くせぬものがあった。

たとえて言えばNは恒星である。そのまわりを一定の距離をもって公転する惑星が私たちだ。太陽のまわりを回る地球、あるいは地球のまわりを回る月のように、である。私たちはNのまわりを一定の距離を保ちながら回っているぶんには、きわめて良好な関係を維持することができるだろう。

しかし、仮に太陽が肥大して近づいてくるようなことがあったとしたらどうか。引力の関係は崩れ、惑星は破滅するにちがいない。できることならその分だけ遠ざからなければならない。引き寄せられるように近づいていくと、すべては終わりである。燃えつきてしまう。近づいたら遠ざかる。また遠のいたら、こちらも一定の距離を保つために近づく。そうした知恵とそれに基づくNとの関係性を私は密かに「外円の法則」と称していた。

「たまには電話をくれよ。こっちは時間はあるからさ」

とか、

「ノンフィクションを書くのはいいよな。毎日風景が変わるんだものな」

とNはよく言った。しかし私は、Nから電話を受けて会うことはあっても、自分からはけっして電話をかけたりしない、との決まりを自分に課していた。それが外円の法則の構成要素のひとつであった。

「でもそうするとNさんとは、深いつきあいができないということになりませんか」

と、たいていの編集者は聞き返してくる。親しさとはその距離が縮まることだと考えているのである。ここに錯覚がある。

「ならばNさんが近づいてきたときに、より近づいてみたらいい。半年もしないうちに、もう二度と会いたくないと彼に言われるよ。間違いなく」

「どうしてわかるんですか」

編集者のなかには、狎《な》れに近いくらいの親しさこそが大切だと思っている者もいるほどだ。そういう手合いにはそれ以上は言わないが、距離の目測を誤ってNと喧嘩別れをしたとしか思えない作家、評論家、編集者を、私は何人も見てきたのである。

そうした一方で、Nの前に出ただけで、もうなにも話せなくなる編集者がいることに、私は驚いた。理由を聞くと、「怖い」と一言漏らすだけなのである。

「保阪さんは怖くはないんですか」

と聞かれるたびに、怖いという感情はもったことはない、と答えつつ、「Nさんは孤独な感情を捨てられないタイプだと思う。でも心底で通じ合ったときは、生涯の友にならざるをえないと思う」と、思わず言葉を足すことがあった。

心底でNと通じ合っていると、私が感じていたことは言うまでもない。それはNも同様であり、お互いにわかっていた。むろんNが兄貴分で、私はあらぬ言葉で言うならば舎弟のようなものである。『北の発言』や『発言者』などの雑誌を刊行することになると、Nはよく刊行記念と称して編集部員、執筆者などに声をかけて懇親旅行をおこなった。旅先の席で、私は「乾杯の音頭をとってくれ」と指名されることが多かった。

ただ、そういうことが重なるごとに、これではまるで中学生時代の越境通学のときと同じではないか、と内心でつぶやいたりもした。Nとの関係に一線を引かなければと、いつしか私は思うようになった。つきあいだけではない、Nの思想や考えかたとも一線を引く必要を感じた。惑星は公転の中心から少し離れなければと考えたのだ。

憲法改正すべしとか核をもつべしという考えにたいしては、私は必ずしも全面的賛成論者ではなかった。むしろ否定的であった。といっても硬直した立場ではなく、そういうことを論じること自体にはまったく賛成であった。

あえてはっきり言っておかなければならないのだが、Nの憲法改正論や核武装論は、それ自体が目的ではなかったように思う。それらは俗に言う革新派の、地に足のついていないかに聞こえる論を揶揄しているのであり、そうした醒めたスタイル自体をNは保守思想と称していると、私にはみえた。おそらくそこにしかNの落ち着く場所はなかったのだろう。

Nがなにか極論をみずからの信念として語るときは、だいたいは私にも同調を求め、いまでもありありと思い出すのだが、「賛成してよ」と必ず冗談気味に口にするのであった。しかし、せいぜいそこまでのことであった。

Nの極論は、おおむね取り巻きともいうべき人びとのあいだで展開されていた。Nには用心深いところがあって、いわば〝身内づきあい〟をしている連中にはけっして際どい話をもちかけない。私をNに――それこそ三十二年ぶりであった――つないでくれた文藝春秋のAさんやTさんとのあいだでもそんな議論はまったくなかったと思う。

そんなことより私にはNともっと話しておくべきことがあった。そのことに痛いほど気がついたのは、Nが『北の発言』に書いた「深諦の人生」という短いエッセイを読んでからであった。そこにはこんな一節があった。

父と私は終生にわたって折り合いが悪く、で、そのことについての不満を私は母に述べたことが何度かある。そのたびに、母は、「あの人には家庭というものがなかったから、家庭での振る舞い方を知らないんだよ」と応じるのであった。

そしてNは、そんな父親が心中で抱えこんでいた寂寥感を、ある年齢に達すると理解するようになった。次のように書いている。

（父の）あの寂しさを少しでも晴らしてやるのが息子たる私の務めであったのにと、後悔してはいる。だが後悔が前からやってきた例しはないのである。

父親の寂寥感を「深諦」という言葉に託しているNの心情に触れたとき、私は一気にあれこれ少年時代の日々の光景を思い出して、Nの心情を理解してこなかったもどかしさに身体中が震えてくるのを抑えることができなかった。

Nはやはりあのころから自分たちを襲ってくる北海道人特有の屈辱や怒りや、そして哀しみを感じ取り、味わっていたのである。心の底からの寂寥感や悲しさ、そして誰に向けていいのかわからないいくやしさ……それは大仰に言うと近代日本が本質として抱えていた問題であり、「内国植民地」としての北海道に生きた人びとにおいて典型的に露出してくるものだったと私は思う。その悲しさはまだ心情的には幼いというべきNや私でも心理の底に抱えこんでいたのである。

ふとある光景が浮かぶ。あのころの二人の会話のたどたどしさに、いきなり時計の針を戻さなければならない。

20

僕が中学の二年生で、すすむさんは三年生になっていたときだった。午後三時三十五分ごろの帰りの列車を待つ間か、あるいは列車に乗ってからだったか、おおかたこんな会話が端緒になったような気がする。

「保阪はどんな映画が印象に残っている?」

僕は十四歳だったが、そんな会話ができる友だちというのは、すすむさんしかいない。ということはそういう会話には飢えていたのだ。僕は勇躍答えたものだ。

「小学校四年ごろに見た『破れ太鼓』という映画が僕は好きだ。話はいまも覚えている」

『破れ太鼓』か、僕は見ていないよ。どんな話なんだ?」

そこで僕はそのストーリーを説明することになった。頑固で怒鳴りちらす戦前型の父親、それに手を焼く子どもたち、要はそういう話であり、むろん小学生のときの記憶だからはっきりとした意図は摑めなかったにせよ、戦後の風潮をそのまま表している筋書きであった。

劇中で子どもたちが歌う歌のなかに、「〽破れ太鼓は悲しかろ、朝から晩まで泣きどおし」といった歌詞があったようにも覚えていた。すすむさんが黙って聴いているのをいいことに、僕は実際に口ずさんだりしたのであった。僕はそういう自分の興味のある話になると口を閉じるのを忘れるタイプであった。

「もうひとつ話があるんです。『父帰る』という芝居だけど」

と僕が話を向けると、すすむさんは、「話してみろよ」と促す。

「これも小学校の四年生か五年生のときに見たんだけれど、お父さんの学校の学園祭での演劇なんだ……」

と僕は説明していった。

「よく覚えているなあ。僕も子どものころは覚えているほうなんだけれど。いったいどんな内容なんだ」

そこで僕はそのストーリーを説明することになった。まだ中学生だからうまく説明ができたかどうかはわからない。それでも菊池《きくち》寛《かん》の書いたこの芝居の流れを説明していった。この芝居の最後は、長男が弟に「……行ってお父さんを呼び返してこい」と命じ、表に出たあと父を見失ったという弟に向かって感情を高ぶらせて「なに見えん！　見えんことがあるものか」と叫ぶセリフで終わる。そのセリフが子ども心に強く響いた。僕は饒舌になって早口で付け足した。

「そのとき、僕は涙が出てきた。最後のセリフを聴いてなんだか悲しかったんだ。それで涙をみんなに見られたくなかったから、オシッコしたい、って走って便所に行って涙を拭いたんだ」

そのときの情景は、じつによく覚えているので詳しくすすむさんに説明した。

珍しくすすむさんは僕の言うことを黙って聞いていた。ふだんなら必ずどこかで口を挟むのだが、なにも言わなかった。どの中学もだいたいが詰襟の制服で通わなければならない。洟《はな》を垂れれば上着の端で拭いたりするから、どの生徒も服の端は鈍い光を放つようになる。僕は母親に叱られるのを承知で、なんどか長男の最後のセリフをくりかえし説明しているうちに、涙が出そうになり、上着の端を鼻に当てた。

「そうか、でも聞けば『破れ太鼓』も『父帰る』も、どっちも父親と子どもの対立の話だよな。保阪はどうしてそんな話に関心があるんだ？　じつは僕もそういうテーマには大いに関心はあるんだ。父親をどう思うか、ということだよな」

やがて戦争で父親を亡くした友人たちの話になった。どういう具合に話が進んだのかなどは詳しくは覚えていない。僕の記憶に残ったのは、「父親というのはどういう存在か」ということであった。そんな話になって、二人で例によってボソボソと大人に聞こえないように話し合ったのである。

それから何日かは、行きの列車のなかではそういう話はしなかったけれど、帰りの列車では、父と子の対立の話に精を出した。なぜかと言うと、僕は父親に徹底して逆らい始めていたからだった。そんな話ができるのは、すすむさんしかいなかったからでもあったが、なにより僕の父親にたいする怒りを丁寧に聞いてくれるのがうれしかったからだった。思えばすすむさんもそういう話を口にしたい心境だったのだ。

言いかたは奇妙になるのだが、私の心理はとても曲がっていて、自分でもある年齢まではその曲がりようを他人に語るなど少しもしなかった。曲がっている心理とは、私のなかにある、父親の所作や言動が納得できずにいる憎しみにも似た感情の動きを指す。

私たちにとって父親は封建的な存在で、戦争にたいする潔癖な感情の反対に立つ抑圧者であった。戦後民主主義の純粋な教育では、戦前の日本がいかに暗黒の世界だったかと、これでもかこれでもかと教えられるのだ。私たちは濃淡の差こそあれ、平和教育=戦争への憎しみを教えられた。それを受け入れるのが、われわれの世代の役割であり、父親と対立するのは時代の宿命のようなものであった。父親にむかって、「なぜ戦争に反対しなかったのか」と喰ってかかる子どもがけっして珍しくはなかったのだ。私にもNにもそれと似たような経験はあったと言っていいだろう。日教組教育の成果でもあった。

ならば目の前にいる父親はどういう存在なのか。そうなのだ、時代に迎合して戦争反対も口にできなかった弱虫で、卑怯な男となるではないか。

しかしどこかでそれが理不尽な言い草であり、さしあたり教師に体よく騙されているのだと気がついていく年代があった。私とNが出会ったときには二人ともそのことに気がつき始めていたのだ。つけ加えれば、私のほうが気づきは遅かったと思うけれど。

もうひとつ、父親が押しつけてくる、歪んでいるとしか思えない家庭像への怒りがあった。私たちの父親の世代は家庭を知らずに育った人たちはけっして少なくない。

幼い私たちが「お父さんとうまくいかない」と小声で話すときの意識のなかには、罪の意識、いや恥の意識があったと思う。むろん自覚していなかったのだが、私にもNにもそうした意識があったことはまちがいない。おそらくそれはNHKのラジオ番組のドラマからの影響もある。これらのドラマに出てくる主人公一家のあっけらかんとした「幸福の図」はなんと罪深いものだったか。

ドラマのなかには必ず模範的な一家が出てくる。両親が健在で、子どもが二人か三人いて自分たちとほぼ同年齢だ。いつも小さな揉めごとが起こり、それを一家中で考え、克服していくというストーリーである。

話のわかる父親、やさしく家庭を切り盛りする母親、父や母に抵抗するけれど、説得されたり、拗ねたりしながら最後は父母の言うことを聞いて、良い子ということで褒められる。

いつもドラマの最後は、一家の笑いとなごやかな会話で終わるのだ。なんと幸せな一家なんだろう、と聴取者は心をなごませる。

当時の私は、家庭とはこれがふつうであり、自分の家は異常なのだと思っていた。自分のように父親の人生観に喰ってかかる子どもは、こういうドラマのなかではまさに不良少年である。そう思えばこそ、ふつうの家庭とは異なる父子関係は、他人には知られたくないとの強い心理があった。いやそれはコンプレックスでもあった。

私の父親は、神奈川県立横浜二中の二年生のときに関東大震災で父親（私の祖父）を亡くした。その直前に横須賀市立横須賀高等女学校の教師だった姉（私の伯母）を結核で喪っている。私の祖父は医師だった。その関係で結核菌が家庭に持ちこまれ、私の祖母や伯父なども結核ですでに亡くなっていた。一族が解体されている。

父は群馬県の本家に引き取られ、そこで育った。しかし家庭の味を味わうことはなかった。家庭の優しさや慈愛や、あるいは心の安らぎはなかった。そのために孤独、他人と協調できない性格、神経質などが顕著で、私にとっては抑圧者であり、命令者であり、そして自分の人生観を押しつける暴君であった。私は中学二年ごろから、父親に喰ってかかるようにもなっていた。

そんな憂鬱をNに詳しく語ったことはないけれど、

「僕は父親の人生観が嫌いだ。他人と深く交わったらダメだ、なんて言うんだよ」

といったようなことは、なんどか話したことがある。少しでもNにわかってほしいと思っていたのであろう。そして問われるままに、「破れ太鼓」や「父帰る」などを説明した。

そのとき、じつはNも僕と同じように父親とは対立していたのだ、NHKのドラマのような個性や人格など現実には存在しないのに、あたかも一家の幸せがご都合主義のように描かれるのはおかしいと、内心ではつぶやいていたのだ。私の記憶にはないのだが、あの秋から冬への列車のデッキで、父と子の諍いについての話題をNも漏らしていたのに違いない。ああ、なんということだろう……。

Nの祖父は越中富山の東本願寺派に属する末寺の子として生まれたのだという。やがて北海道に来て、説教場を作り、それを足場に寺を建てた。妻を娶り、子をもつが、その一人がNの父親だったという。祖父がなんどか結婚をくりかえすうちに、Nの父親も家を出て自力で生きてきたというのである。父親が札幌一中を中退して、いくぶん荒れた生活をした話などもNは書いている。「こんなふうに辿ってみると、自分はどう考えても流民の末裔だなあ、と確認するほかない」とも書いている。

あのころ、Nは私の愚痴を聞きながら、内心では「われら流民の末裔」とつぶやいていたのだろう。私はそのことに再会の後に初めて気がついた。末裔、という言葉を当時の二人は知っていた。有島武郎《ありしまたけお》の小説『カインの末裔』——開拓期の北海道が舞台である——を知っていたから、こんな字も読めたのである。

Nは『北の発言』で父について四回書いている。「父親のことをさらにもう一回だけ語ってみよう」と前置きしてまで書いたのは、あのころの父親への反発について心理の上で決着をつけようとしたということであろう。Nが長じて、父親の人生に深い理解を示していたことを、私はやっとわかった。

「保阪君よう、われわれは流民の子なんだよ。東京のお坊ちゃんとはわけが違うんだ——」

長じてからNのその言葉はなんども聞いた。そうだ、すでにあの越境通学の列車のなかでこの言葉は吐かれていたと、私は覚えておくべきだったのである。

21

私の家庭は、高校教師の父親が札幌から道内の他の都市に転勤になっても単身赴任であり、私たちは母親の実家に住んでいた。だいたいが土曜日の夕方に家に戻ってくるのだが、離れて暮らすうちに父親には私も弟妹もしだいに心理的に距離を置くようになる。

もともと十四歳から他人の家で育ったといっても、本家で暮したのだから父に肉親愛のような感情があっても不思議ではない。にもかかわらず父はそういう感情を一切捨てて成長してきた。本家は冷たかったのかもしれないが、そんなこと、私は知るよしもない。父親が帰ってくる土曜日は、私には気が滅入る日でもあったのだ。

Nも父親とは終生にわたって折り合いが悪かったと『北の発言』に書いていることはすでに触れた。それを読んだとき、私は一気にあの中学生のころに戻ってしまった。

Nも父親がどこか道内のある地で仕事をしていたのだが、ある時期の私たち二人の会話は父親や大人の世界のなかに通じている常識のようなものへの反感に彩られていたように思う。そのとき、どんな会話を交わしたか。その記憶なのだが、私の頭の底にはかすかにせよ残っているようにも思う……。Nの「父親ってのは悲しいんだな。いや大人ってそうかもしれないよな」「大人って不思議な生き物なんだよな」という言葉に、私が心中深く頷いたことは鮮明なのだ。

「おい、保阪。大人になるってのは、どういうことか、わかるか。僕は……」

とすすむさんは吃音気味になった。吃音気味になるときは、必ずなにか重要な話、いや、すすむさんにとって心にひっかかる話のはずであった。僕はそういうことはわかっていたのである。

「この前、札幌で学校帰りに映画を見たんだ」

「カバンを持ってですか。テアトル・ポーで?」

「ちがうよ。札幌劇場でだよ。洋画だよ。それで帰りに九時ごろの岩見沢行きに乗ったんだ」

「えっ、そんな時間の汽車に乗ったことなんかないよ。怖かったでしょう?」

すすむさんは首を横に振り、九時の汽車の車内の空気を語りはじめた。

車内はそれほど混んではいない。だいたいが四人がけの椅子に座っていて、列車が動く前からすでに居眠りしていたり、酔いに任せて大声で話しているのだという。

「怖くなかったの」

と僕は恐る恐る尋ねた。僕にはそんな夜の九時の汽車に乗るような冒険心はなかった。

「怖くはないけど気持ち悪いというか、妙な空気の家に入りこんだようなものだったよ。それで寝てしまったんだ」

「………」

「だから白石も厚別もまったくわからなかった。岩見沢まで気がつかなかったんだ。もう十時くらいなのさ。秋の夜、寒いよな。どうしようと思っていたら、駅員がこれから厚別まで戻るとすれば、十時半の列車になると教えてくれたんだ。しかも紙切れ一枚くれてさ、この人は乗り越したと書いてある。それで降りるときに駅員に渡しなさい、というんだ。厚別に戻ったら夜の十一時を過ぎていたよ」

すすむさんは、なんどか言葉を呑みこむようにしてこの状況を説明した。夜の十一時をまわっているのか、怖かっただろうな、と僕は想像した。

しばらく話は汽車で寝過ごすということ自体に向けられていた。ところがすすむさんは話題を転じた。

「いや、僕の言いたいことは、映画の話でも、夜の九時の車内の話でもないんだ。こういう体験のときに心に残るのはもっと別なことなんだよ。とにかくさ、僕も椅子に座るとしばらくして寝てしまったんだな」

すすむさんは、少し吃音混じりに、こう続けた。

「僕の考えたのは父親のことさ。いまは単身赴任している父親は、休みの日には自宅に帰ってくるだろう。夜遅くの汽車に乗って、あんな澱んだ空気の列車のなかに身を置きながら、一週間ぶりにか夜の暗い道を歩きながら、自宅に帰って家族の空気に触れるんだよな。そのときは家族の気持ちがなにより嬉しいだろうと思ったのさ」

僕はなにやら自分が責められているようで、言葉を失った。そうなのだ、なぜ自分にはそれができないのか。

「父親ってのは悲しいんだな。いや大人ってそうかもしれないよな」

すすむさんがそういう話をするときは吃音がしばしばあらわれた。それはむしろ感情のやさしさを代弁しているようで、僕は心中ではすすむさんの言うとおりだと思いながら、自分は父親をそんなふうに受け入れることができるだろうかと呟くのであった。

話はいきなり平成という時代に飛ぶのだが、Nとの間でいわば交流が始まってからしばらくは、私は誘われればそれに応じるというつきあいに変わった。Nの呼びかけによる旅行にはしばしば参加した。妻も連れてこいというので、必ずそうした。妻はNを怖い人、と見る目を崩さなかったのだが、あるとき——たしかバス旅行の途次だった——N夫人を交えて四人で雑談を交わしているときに、妻の実家が神社であることに話が及んだ。妻は幼年期から巫女のような役割を演じさせられてきたとの話になった。

そこからしばらく神社の家庭の話に転じた。Nはいたく興味をもったらしく、神社の祭神について、聞き出した。私はそういう方面は疎いのであったが、Nも神社のしきたりに詳しいわけではなかった。しかし、妻は口調が滑らかになって、戦後社会で神社に育つとはどういうことか、といささか深い話に入っていった。

「戦後になって、神社はたいへんだったんです」と妻は言う。

戦後、父親は、戦死した兵隊の両親や肉親からずいぶん恨み言を言われた。

「お宮さんが戦勝祈願などと一生懸命に祈るから息子は死んでしまったじゃないか」とか果ては「息子を返せ」と怒鳴られることもあったという。そのために父親は平謝りに謝ることもあったらしい。

「私はそんな姿を見るのは嫌で嫌でたまらなかった……」

訥々《とつとつ》とした妻の話を、Nはしばらく黙って聞いていた。私にとってはなんどか聞かされた話で、なるほどそんなものかなとぼんやりと聞いていたにすぎないのだが、Nはまったく異なった反応を示した。聞いているうちに腹が立ってきたのであろうか、苛立たしげに怒気を含んだ声で言うのである。

「大衆なんてそんなもんですよ。奥さんの父上にそんなことで苛立つことはない。日本中、どこでもそんなおかしなことは無数にあった。戦時中には神社の前に列を作って、神主のお祓いを受けて喜んで戦場にいったんだからね。なあ、保阪くん、そうだろう」

自分の論に加担せよと、私に迫るのであった。

「奥さん、神主とか坊主というのは、とくに戦争に関係ないのに、まあ体よく利用されたんだよ。軍人ってのは単純だし、あまりものを考えないから、利用するのはそういう日本的な連中なんだよ」

そしてNは旅行中、他のメンバーとしばらく話していても、妻のところに来ては、「奥さん、お父さんを励ましてあげなよ」と言うのである。Nはこういうことを気にしているのか、と私には意外であった。

私は年齢を積み重ねるにつれ、Nの心情には、まったく独自の感性が宿っていることを知るようになった。表向きは冗談を言い、ときに皮肉を口にし、さらには自分の憤懣をさりげなく周囲に撒き散らす。そして琴線に触れることがあると、目を細めて屈託のない笑顔になっていくのである。

そのうちに妻は、Nにはなにか信仰があるのではと言いだした。

「Nさんは表情が二転三転するけれど、それは心を許した度合いがそのまま表情に現れるのではないかしら。その表情はまるで信仰をもっている人みたい」

むろん信仰をもつといっても、宗教団体の一員にまま見られるような思い詰めた表情ではない。なにか救いを求めるような表情だというのであった。妻は神社で幼年期から祝詞《のりと》を耳にして育ったわけだから、人が信仰に触れる、あるいは求めるときに、どのような表情をするのか直感でわかるようなのである。

私は比較的にキリスト教に近い距離にいた。父は数学者の故だろうか、さして信仰には関心はなかったが、母と妹は熱心なクリスチャンである。私自身も卒業した大学はミッション系である。聖書を読んだりもするし、賛美歌をいくつかは歌えもする。しかし、信仰をもつには至らなかった。だから、妻の言う「信仰をもつ顔」とNの表情の関係について、少しはわかるような気がした。

こんなことがあった。

たぶんNが『発言者』や『北の発言』を相次いで刊行し、そのPRも兼ねて講演行脚《あんぎゃ》を続けていたころではないだろうか。あるとき、「困ったことが起こったんだよ」と不快げに顔を歪めるのである。話を聞いて驚いた。なるほどこんなこともあるのかというできごとなのである。Nの話をまとめると次のようになった。

あるとき、家に「お父さんいますか」と二十代と覚しき女性が訪ねてきた。たまたま自分は不在であった。妻と娘が不審に思いながら、応対を続けた。彼女は、「Nさんは私の父親だ」と主張したという。しかしその理由を聞いてみるとまるで根拠がない。テレビで見ていてそう思った、とか北海道の出身だとか、あれこれいうのだがすべて辻褄が合わない。妻も娘も、ああこれはおかしいぞ、と気がついた。それで帰ってもらった。

その日、私はNと東京の郊外都市で講演をする約束になっていた。Nは壇上からこっそりとカーテンを開け、会場を覗きこんだ。「来ているよ」と言い、中央のあたりを指さす。それらしき女性が座っている周辺をなんども見わたしたが、どの人物か私には特定できなかった。

Nの口ぶりはうんざりしていた。

「こういう言いかたをするケースは心理学的には、関係妄想と言うらしいんだ。ある一点だけが妄想になるんだが、他は別におかしいことを言うのではないのだから、逆に信頼されてしまうことになる危険性があるというんだな」

不快を通り越して怒りが感じられた。

「関係妄想？　そういう症状があるというわけですね」

「そうなんだな。保阪くんは経験はないか」

「ありませんよ」

私はすぐに否定した。しかしNのなかに父親の原像を見る女性がいることに、私は驚き、そしてNのどの部分にそれを見るのであろうかと興味を抱いた。むしろNは世間で求められる父親像とは距離があるように見えるのではないか、と思えたからだ。

まもなくこのエピソードは、しだいに忘れられていった。それでも私とNとの会話のなかで、妻を交えての雑談のなかで、思い出話としてもちあがることがときどきあった。

「あの女性は僕が父親だというんだが、その年齢を聞いて驚いたよ。僕が十四歳のときの子どもという計算になるわけだ。十四歳だよ、保阪くん。僕らが越境通学していたあのころにつくった子どもだというんだ。馬鹿馬鹿しいにもほどがあるけれど……」

「それはありえない。僕が保証しますよ」

話はそんなところに落ち着いた。でもまったく知らない人から「父親」と見られるとき、どんな感情をもつのだろうか。少なくともNは擬似的であれそういう体験をしたのである。これがどのような影響をNに与えたのであろうか。私には興味があった。

22

僕はしだいに越境通学に厭いていった。というより、なんだか偽善の日々をすごしているようで、心理的には閉鎖された空間でかろうじて息を吸っているような状態になった。

この心理はノイローゼとか神経衰弱といった状態とは異なる。一口で言えば、目に入るもの、耳に聞こえる音、さらには手で触る感覚、それらがどこかつまらない日々の彩りにしか見えてこないのだ。僕が二年生のときは、すすむさんは三年生だからむろん通学の行き帰りはともに行動することは多かったにせよ、しかし日々の感性は相当な開きがあったように思う。

僕もすすむさんも不良じみた服装をしているわけではないし、服装が乱れているわけでもなかったからだろうか。不良がかった他校の中学生や高校生から、「おい、金を貸してくれないか」と脅かされることがあった。強請《ゆす》られているのだと僕は怯え、怖くて震えているだけだったが、すすむさんは、「金なんかない」と巻き舌になって答える。すすむさんは怒りを示すとき、いや感情が極点に達した時は巻き舌になって開き直る癖があった。

「馬鹿野郎、てめえっ！　うるせえ」

相手（高校生だったと思う）は、小柄な中学生に乱暴な言葉で応酬され、たじろいでいたが、列車のデッキには大人たちも多く、喧嘩を売るわけにもいかず僕らの目の前から消えていった。体は小さいけれど、その声は何倍もの迫力で、脅しをはねつける響きがあった。結局、僕はすすむさんの庇護下にあると思われたのか、その後、不良たちに脅かされることはなかったし、特別に暴力の脅威を感じることもなかった。

すすむさんの兄のMさんはすでに高校生だから、僕たちとは生活の時間が必ずしも重なり合うわけではない。僕の従兄弟の竹沢はバス通学に切り替えたので、めったに会うことはない。時間はそれぞれの生活のなかで変化をうながす役割を果たすことになる。

すすむさんは成績が良いから、受験そのものもさして苦にはならないのであろう。しかし越境通学は心理的には相当の疲れを生んでいることは僕にも感じられた。けっして僕だけが疲れているわけではないというのがわかった。

すすむさんが苦衷を漏らしたことがあった。ふだんはけっして弱音を吐かないのに、学校の帰りの三時半すぎの汽車のデッキで、こんなことを言ったのだ。

「越境入学というのは、たしかにこちら側のわがままだよな。でもそれは僕らがえらんだ道ではない。つまり親の考えかただよ。だから親に教師があれこれ言うのであればわかるけれど、こっちに矛先を向けて憂さを晴らすな、ということだよな。そう思わないか」

すすむさんもなにか不愉快な言葉を教師に投げかけられたのだ。僕はこの台詞を聞いて、嬉しいというより泣きたい心境であった。そのとおりだ、と思いきり頷いた。おおかた地元の中学に行けとか言われたのであろう。そういうことを言う教師の顔がすぐに何人か浮かんだ。

すすむさんは教師にも巻き舌で食ってかかることがあった。僕は見たことはなかったが、そういう光景を目撃した同級生から話を聞かされた。そのたびに僕が帰りの汽車のデッキで、「すすむさん、こんなことがあったの?」と確かめると、すすむさんは小声でその状況を教えてくれるのであった。そのたびに僕は弟分になったようで、密かに誇りに思ったものだった。

僕も嫌いなその教師が、すすむさんの授業態度が悪いと叱ったらしい。とくに身体の具合が悪かったわけではないのだろうが、机に顔を伏せて少し気楽な姿勢を取ったということらしい。その教師は居丈高に、ネチネチと執拗に叱ったらしい。

「それでどうしたの?」

僕はその先が早く聞きたかったのだ。

「やっちゃったよ。あんまりしつこいからさ」

と、すすむさんは困ったような顔をした。

「怒鳴ったの?」

「そうなんだ。うるせえ、黙れ、この野郎! って言ってしまったよ」

僕は笑顔になるのがわかった。やはりすすむさんだ、と讃えたくなった。僕にはけっしてできない反抗であった。「うるせえ、黙れ」だの「てめえ、この野郎」だのという言葉は、僕に向かって吐かれたことはない。むろん僕とすすむさん共通の知り合いでもある高校生や大学生にもそんな言葉を吐くことはない。恐喝してきた不良と教師は同類なのだ。

「でもすすむさん、そういう口をきくと停学になることはないの」

「なるわけないだろう。中学は義務教育だから停学なんかできないんだよ」

すすむさんはさして臆することなく、そう言ってのけた。

「保阪はなんで停学などという言葉を知っているんだ」

こんどはすすむさんが尋ねかえしてきた。そういえば僕はそんな言葉をどこで覚えたのだろう。たぶん叔父が北大生で、学生運動のようなことをしていたので、なにか大学側と揉めて、そう、反イールズ闘争とかで停学になったと母親たちが心配げに話していたのだ。その話をあるときにすすむさんに話したら、興味をもってなんども聞き返されたことがあったっけ。すすむさんは、いつか自分もそういう目に遭うと感じているのだろうか。

教師に、「てめえ、この野郎」と怒鳴った一件について、その後も僕はすすむさんに、「あれからなにか言われたりしないの？　その先生はどうしたの？」と尋ねつづけた。

すすむさんは反省するといった態度などは見せず、かといって得意になるわけでもなかった。ただ、「不思議なことがあるんだよ」と言って僕には信じられない裏話を聞かせてくれた。すすむさんはその感性の強さで、大人の世界をすでに見抜く目をもっていたように思う。要はませていたのである。

すすむさんは、誰にも言ったらダメだぞ、と言って小声でいくぶん興奮気味に話しはじめた。僕も緊張した心持ちになって耳を傾けた。

「他の先生が、僕にそれまでと違う態度なんだよ。叱ったりもしない、かと言って、言葉づかいに気をつけなさい、と言ったりすることもない。こっちは目上の者への言葉づかいには気をつけろくらいは言われるんじゃないかと思っているのに、誰も言わない。なんでかわかるか？　つまりあの先生は仲間内で嫌われているということなんだよ。だから、僕はよくぞ言ったと思われているんじゃないか」

教師のなかには、「きみがN君か」と話しかけてくる者さえいたというのだ。僕たちは教師の世界とて、大人の計算と打算とで成り立っていることをぼんやりと確かめることになった。いや僕はすすむさんに大切なことを教えられたとも言えた。

23

平成のなかごろであったろうか、Nは、時折困惑したように、幾分入り組んだ事実をもらすことがあった。すでに紹介したように、自分を父親だと信じる女性の出現などもそうした例であったが、他にもその種の話はあるようだった。仲間内からは、「有名税だよ」などと慰められているのか、揶揄《からか》われているのかといった具合だったが、必ずしもそんなに単純な話ではなかったのである。

やはり『発言者』グループでのバス旅行の折であったか、Nは、私や妻と愚にもつかない話をしているときに、ふと眉を寄せてつぶやいた。

「僕は、二、三ヵ月、姿を消すからね。しばらく、身を隠すつもりだ」

「どうしたの。なにかあったの?」

と案じる私を部屋の外に連れ出して、タバコをくゆらしながら、Nはしばらく黙していた。こういうときはなにか深刻な問題に遭遇しているのだと、私は知っていた。私に伝えるということは、Nの人間関係に関わる問題なんだなと、すぐにわかった。

「誰かと揉めているんですか。やっかいな問題なんですね」

と水を向けても、しばらくはタバコの煙のなかに身を包むようにして、廊下の柱にもたれているのである。すぐに話そうとしないところに、自身の言い知れぬ困惑があると思われた。

聞かされた話は、私にも驚きであった。おそらくNもつらい気持ちで語ったのだろう。オフレコにしておくようにと言われて、私もほとんど語らずにきたし、これ以上記すつもりもない。それは彼との仁義のようなものである。そういう話がいつのまにか二つ、三つと増えていくようであった。

ただ、このときの、「二、三ヵ月、姿を消す」について少しだけ触れるなら、それは青年期の政治活動の名残のようなもの、あるいはテレビでの彼の発言にたいする脅迫によるものと理解すべきように感じられた。実際にNは、日本は核武装すべしと言ったり、親米派を罵ったり、憲法を後生大事にしている風潮を嗤ったり、たしかにあちらこちらからクレームやら批判を浴びているありさまであった。それでも言論活動にたいして、ふつうにいう「暴力による脅かし」があるならば相応に対応しなければならないはずであったが、その点Nは態度を曖昧にしていた。いまやNは、なにかの役を演じているかのように、私には思えてならなかった。

「命を奪う、と言われては、ややこしくなるよ。そこまでになるとこっちも構えなければならないし……。まあ、脅しだけとは思うんだけれどね」

とNは言い、さして意に介してはいないというようすを保とうとしていた。同時にその口ぶりには不安感もあり、まったく怯えていないというわけでもなかった。しかし、取り立てて支援する力がない以上、月並みの励ましを口にしてNの不安にそっと寄り添うような言葉を吐くことしか、私にはできなかったのである。

Nが自由業にスタンスを変えてから、十年余の時間が経っていた。そのころのバス旅行といえば、Nの強力な取り巻きが形成され、いわば親衛隊のようなメンバーが固定していた。それまでのNの周辺の人びととは、彼らは明らかに異なっていた。Nを無条件に師と仰ぐタイプが増えていた。

私や私とつきあいのある人たち、つまりNの初期の友人は、年齢も近いせいか、「Nさん」と気安く呼んでいたのだが、新しい取り巻きのなかには、そんな呼びかたは馴れ馴れしすぎると排撃する者もいた。要するに「N先生」と呼べ、敬えというのである。

少しずつ、というべきだろうが、Nの生活において、それまでの学問上の仲間や編集者たちに代わって「先生」と呼ぶグループとの接触が増えていったようだ。しかし、そうは言っても、Nと私の距離がとくに遠ざかったわけではなかった。依然として肚を割った会話はできる関係でもあった。

「最近は、人物が小回りのきく官僚みたいな連中が多いと気づいたんだ。そんな連中の言動には辟易するよな。言ってみれば出版文化官僚だよ」

「必ずしもそうは言えないと思うけれどね」

と私は応じながら、Nの心中に曰く言い難い不安、不満が渦を巻いているように感じた。不満、不安といっても、それがなにに対するものなのか曖昧で茫洋としていたが、それにいつか火がつくように私には思えた。そしてそれは意外に早くやってきた。

私の友人からであったろうか、湘南地方に住む知識人——こんな言いかたはあまりにもいいかげんだとは思うのだが——の集まりに、Nを呼んで話を聞きたいという依頼があった。どうかひとつお願いできないだろうかというので、私は取り次ぐかたちになった。あれこれ雑談風でい い、という申し出だったから気楽な会合と思ったらしく、Nも引き受けてくれた。当日、私はNを連れて出席する予定であったが、時間の都合がつかずに知り合いの編集者が付き添うことになった。

百人以上入る会場は、むろん満員だったという。秋晴れの文化の日にふさわしい雰囲気が醸し出されるなか、心理的にはNも落ち着いていたのか、気分よく話を進めたらしい。そして質疑に移った。ある人物が立ち上がった。

彼の質問には初めから阿るようでいて絡むニュアンスがあり、案の定、揉めることになったというのである。質問者は、東大でNと同時代に学び、卒業後は言論人として生きてきた、そして定年を迎えたという経歴であったらしい。そしていかにも親しげに「N君」呼ばわりして質問を続けたというのである。

私はその顚末をNに同行した編集者から詳細に聞いたのだが、聞いているうちにNの腹立ちがよくわかった。彼は概ね次のように発言したというのであった。

「N君、キミとは大学時代に同じところで学んだ。それでキミは学生運動をやったわけだが、いまはどういう反省をしているのか。キミは指導部にいて学生たちにいろいろ呼びかけたが、その責任についてはどういうふうに理解しているのか」

Nはたちまち興奮状態に陥った。同行した編集者の言によるならば、「いま、どのような場所にいるのかさえわからなくなってしまった」のであった。

質問者は、新聞社の論説などを担当したこともあったようだが、なにか青年時代の残滓のような感情のなかに、妙に馴れ馴れしい傲慢さがこもっていた。それだけにNは質問と称する物言いのなかに無礼さを読み取った。

Nは初めに「馬鹿野郎！」と叫び、それから「表に出ろ」と凄んだ。もとよりこういう言葉を吐くときの特徴である巻き舌になっていたという。

私は編集者による経過の説明を聞きながら、涙が出そうになった。たぶん気持ちよくこの日のテーマに即して、Nは話を進めたのであろう、それが一転して耐え難いほどの不快感を抱かされることになったのだ。私にはNの心情がよくわかった。その編集者も日ごろ私やNと酒席をともにすることがあったので、Nの怒りを理解していた。

酒席でもこの手の質問をされて、興奮状態になることはなんどかあった。だから傍観者は、Nにとってあの時代のことを尋ねられるのがもっとも嫌なのだと考える。しかしそうではないのだ。ひとりの人間の人生に関わる深刻な事柄について、いとも簡単に日常の所作の延長のように尋ねてくる、そういう神経こそが耐えられないのであった。

質問者には、根本的な錯誤があった。Nがあの時代における自己の行動に、どれほど真正面から対峙し、悩みつづけてきたかを知る者にとっては、軽々にすべき質問ではなかったのだ。ましてや、大学時代に同じ空気を吸ったなどと阿るような態度で、その日のテーマとなんの関係もない問いかけなどすべきではない。「僕も質問者に、きょうのこの場はそういうことを議論するところではない。あなたは彼にたいして失礼すぎると抗議しましたよ」と、編集者も憤慨していた。

講演はなんとも後味の悪いかたちで終わった。Nは興奮を鎮めるためにしばらくの時間を必要とした。編集者と二人でほとんど沈黙のまま、帰路についたというのである。私はその一部始終を聞きながら、どのように詫びるか、そのことばかり考えていた。Nはこういうやりとりに心底からやりきれなさを感じているはずであった。

Nがテレビの討論番組で、時折退屈そうな表情でぼんやりとした視線を周辺に泳がせている場面が急に脳裏をよぎった。じつはNの心情には、誰の慰めの言も必要としない空白の隙間があるのではないか。そのように思われてきた。漠然とした不安というべきであろうか。

24

僕はすすむさんが高校に進んでしまうと、ひとりで列車や電車を乗り継いで中学に通うのが心底から嫌になった。というより、すすむさんもいないのに、列車に乗ってぼんやりとした虚ろな表情で通学するのに耐えられなくなっていった。

むろん高校に通うようになったすすむさんとは、ときどき偶然に会うことはあった。帽子の校章が中学から高校のものに変わり、すすむさんの表情は会うたびに大人になっていくかのようであった。

すすむさんは会うやすぐ、「来年はまた一緒に通おうぜ」と、声をかけてくれる。そのたびに僕は頷きながら、「もう学校に行きたくないんだ」と、こっそり漏らすこともあった。そんな気持ちを打ち明けられる友人は、すすむさんしかいなかったのだ。

すすむさんには一歳歳上の兄がいたから、孤独といっても兄弟で支え合うことができたであろう。しかし僕は通学にも、学校に行っても、心を打ち明ける友だちはいない。家の近所の同年代の仲間も中学が違えば、それほど心を開く関係にはならない。弟や妹がいるが、二人とも地元の中学に行ってしまったので、その友だちが遊びにくることはあっても、仲間に入るのは気が進まない。会話もぎこちない。まったく八方塞がりの状況下の越境通学であった。

僕の楽しみは、駅の一角に立って、あるいは待合室の木製の椅子に腰掛けながら、ぼんやりと札幌の街の風景や人の流れを見ることであった。それに飽きると鞄から芥川龍之介や夏目漱石の文庫本を出しては、読むことであった。

中学三年生の夏休み前だったと思う。やはり木製の椅子に座り、芥川の文庫本を読んでいるときに、肩を叩く者がいる。目を上げると、私の街からやはり他の中学に越境通学している少年であった。お互いに顔は知っているにせよ、言葉を交わしたことはなかった。

「高校はどこ行くの?」

まだ話したこともないのに、ずいぶん失礼だな、というのが僕の印象であった。僕は考えこむようにして、俯いていた。すると彼は、すすむさんの名をあげ、自分もすすむさんと同じ高校に行くつもりだというのであった。

僕らのように越境通学をしている者はけっこういたのだろうが、いずれも自分の殻に閉じこもり、あまり仲間内で話したりはしない。たぶん彼は僕とすすむさんとがいつもいるので、仲間に入りたかったのであろう。しかし、話しかけられなかった。僕が一人で通うことになったので、友だちになろうというのであろうが、僕はもう誰とも話したくなかった。たぶん、僕は鬱病のような症状を示していたのかもしれない。けっきょく、彼とは友だちにはならなかった。

僕は中学三年になって、進学を考えてそれこそ懸命に教科書や参考書と戦って、高校を目指さなければならないのに、頭のなかはまったく別のことを考えていた。ああ早く大人になりたいなあ、自分の好きなことを思いきりやりたいなあ、と妄想に耽っていた。

あるとき、帰りの列車のデッキですすむさんと会った。

彼は目を細めてすこし吃音になって、「元気か？　あまり元気でないようだな。このまえ、電車の中でタヌキに会ったよ」と言うのだ。僕はまた憂鬱になった。

タヌキとは、男性の国語教師に僕とすすむさんとで勝手につけた仇名であった。その教師は僕らと同じ列車で、そして電車で僕らの中学校に通っていた。当然、僕らが越境通学をしているのを知っている。

列車のなかなどで会うと、僕らは帽子を取って挨拶をするのだが、それだけの関係であった。とくに話しかけてくることはなく、だいたいが新聞を読んでいた。「タヌキが乗っているよ」と、すすむさんが話しかけてくると、僕らはなるべくそちらに近づかないようにして、札幌駅までをすごした。

僕は国語の時間のタヌキの授業が不満だった。教科書をそのまま教えることに精を出し、ほとんど自分の意見や感想を口にすることはなかった。僕は国語の成績はいいほうだったので、タヌキが作家の作品解説をするときにできれば自分の意見をふんだんに言ってほしかった。しかしほとんど教科書と同じような感想を述べることに苛立ちさえ感じていた。

そんな愚痴を伝えようかとしたとき、すすむさんは「あのタヌキは……」と言いかけてから、教師のほんとうの名前を口にして、一気に言葉をつなげてこう言った。

「あの先生は僕らのことを気にかけてくれているよ。僕に高校入学おめでとうと言ったあと、〝次は保阪だな。最近彼は疲れているようだ。元気を出すように言ってやりなさい〟だってさ。話のわかる先生だな。驚いたよ」

僕は、妙に悲しくなった。自分の知らないところで見守ってくれている先生がいる、自分の外の世界に初めて気がついたのである。僕の越境通学は、すすむさんとしか世界を作ってこなかった。その世界とも切り離されて、僕は生きていかなければならないのだ。

「僕の家も、近いうちに南のほうに引っ越すよ。厚別ともお別れさ。もう遅いけれど越境通学しなくてもいい住所だよ。妹たちはみな、同じ中学に入ることになるというわけだ」

すすむさんにとって、越境通学がどのような意味をもったのか定かにはわからないけれど、僕らの見た札幌とその周辺の街並みはこれからの人生にどんな記憶を残していくことになるのだろうか。僕は、話しかけてきたけれど友だちにはなれなかった越境通学の仲間、さらにはタヌキの目配りの利いた温情などを心に刻んでおくことが、きっといまの自分の心理的な苦しさからの脱出につながると思うことにした。

25

これは私の見かたになるのだが、Nがそれまでの出版人や作家、評論家仲間とそれほど積極的につきあわなくなったのは、平成の半ば以後のように思う。なんらかの心理上の変化が起こったとみてもよかった。老いが増していったということも当然ある。それは肉体の上から自覚しなければならないし、しかたのないことでもあろう。

N夫人が、がんに冒された。彼女は医師の娘であった。西洋の近代医学では完治が難しいと告げられた。

Nは献身的に妻を支えた。漢方薬が効くという有力な説があると聞くと、それを日々の生活にもちこんだ。服むだけでなくお風呂にも薬を浸して、まさに健気に闘病生活を助けている。会えばそうした薬の効用について詳しく聞かされた。

「女房がね、少しでもラクになればと思ってね、西洋医学よりもやはり東洋医学なのかね。まあ効き目のあるという療法に取り組んでいるんだ」

私と二人の会話になったとき、唐突に、「苦労をかけてきたから……」と呟き、感傷的にもなっていた。私は二人の出会いを知らなかったが、夫人と中学、高校時代に親しかった友人から、Nとのなれそめを聞いていた。このことはNも自伝風の読み物のなかで書いているのだが、夫人はあまり人と接して騒ぎ立てるほうではなく、静かに読書を楽しむタイプであった。Nはそういう同級生に惹かれたようであった。

しかし情熱的であった。東京で学生運動で官憲に追われたり、逮捕されたり、裁判があったり、人の何倍もの苦労をしているNに、札幌から駆けつけて支えつづけたのであった。Nと夫人と私たち夫婦が会話しているときに、ふと示す夫人の柔らかい言葉に、私の妻は涙ぐむこともあった。「どんなことがあっても保阪さんを支えてあげてね」という一言に、妻は夫人の実感がこもっていることを知ったと言っていた。

「Nさんは奥さまがいなければ生きていけないと思う」

なんども妻が漏らしていた。私には印象に残る言葉であった。

Nの交際範囲が変化しているのは、明らかだった。それまでの友人関係、あるいは仕事の関係を含めて、まったく新しい世界を作っていこうとしたのは、夫人の病も一因ではないかと私には思えた。

講演などで不愉快な質問に出会うことへの苛立ち、出版した書物への周囲の関心のありよう、テレビでの討論番組でのなりゆき、これまでのそういうすべてが、Nには心理上の負担になっていったのであろう。奇妙な言いかたになるのだが、われわれの生きる日本社会の本質がNには見えてしまったのではないか。ならば自分の住む世界を変えてしまおうという思いが、心中でしだいに固まってきたのではないだろうか。

そういう変わり目のときであった、と思い当たるのだが、ある一事があった。

平成十五年（二〇〇三）ごろだったように思う。忘年会を兼ねて、Nが日ごろお世話になっている人たちに声をかけて百人ほど集まる会を開いたことがあった。私も参加したのだが、いまにして思えばちょうどそれまでつきあっていた人やグループと、新しく取り巻きとなっていく若い仲間が、入り交じっていた。新しく始めたテレビ番組で、Nは塾のような勉強会を立ち上げていたらしい。その塾の塾生たちが交じってもいた。私はそれまでのNの開くパーティーとは異なる空気を感じた。

三番目か四番目にか、挨拶するように言われた。しかしこの空気に合うような話をする自信はなく、壇上に上がっても、さてなにを話そうか、と思案しているありさまであった。不意に私の口をついて出たのは、なにも話すことはないのだけれど、きょうは歌を歌わせてほしい、という言葉であった。

学生時代に先輩がよく歌っていたから記憶している歌である。気がつくと仕事部屋で、音痴気味とはいえ口ずさんでいることがあった。どこの誰の作詞か、誰が作曲したかも知らない。子どものころに遊んでいた、学生時代につきあった……いろいろな友がいたけれど、みんないまはもういない、懐かしい古い友よといったような寂寥感のある歌詞であった。

思えば私はNとの人生の出会いを、この歌に託して心境を語りたかったのだ。三番まで歌って、私は壇上から降りた。それがNとのけじめのような思いに駆られた。

26

私もNも、戦争で亡くなった人の死体を直接に見たわけではない。札幌の街が空襲を免れたせいもあっただろう。北海道に米軍機が姿を現したのは、昭和二十年（一九四五）七月のことで、室蘭《むろらん》、函館などの港湾都市が狙われた。内陸部には偵察飛行が主で、戦時下に死体を見るという機会はまったくなかった。同年代の内地の友人たちのなかには、無差別爆撃で犠牲になったひとたちの焼死体の間を逃げまどったという体験をもつ者もいるのだが、私たちには無縁の話であった。

そのかわり——こういう言いかたがいいわけではないが——、私たちは自殺による死体は見ていた。鉄道での轢死体《れきしたい》である。この種の死体は見ないほうがいいと親からも聞かされていた。しかし、汽車による越境通学者である私たちは、それを何度か見ざるをえなかった。

踏切かあるいは畑の一角から、列車に飛びこむかたちになるのだろうが、先頭の機関車が急ブレーキをかけて止まる。それでも私とNが話しこんでいる最後尾のデッキから、数十メートルも先に横たわる屍《しかばね》の一部が見えることもあった。詳しい状況は覚えていないが、何人もの鉄道員がその場を囲いこんで乗客からの視線を遮っていたとの記憶がある。

列車が私の乗り降りする駅近くでしばらく止まったことがあった。私にとってそれが死体を見た最初だった。駅員やら警官やらが走ってその場に駆けつけるのであったが、私は衝撃が大きくて二度とそれを見ることができなかった。口中で嘔吐の咳きこみがなんどか続いた。洋服が破れ、身体の一部が原形をとどめていなかった。顔も崩れており、人間の形は失われているようであった。

Nもその死体を見たと思う。やはり私と同じように目を逸らしたのではなかったろうか。骸《むくろ》とは逆の方向を見て、嘔吐に耐えていたはずだ。列車のデッキには人は少なく、私たちは死体の周辺での喧騒やら、駅員たちの連絡の声をぼんやりと聞きながら、反対側の原生林に目を走らせて時の過ぎるのを待った。

すでに記したが、私はのちに札幌の市電で、雪の電車道を自転車で走っている男性が、私たちの乗っている路面電車を避けきれずにはねられる瞬間を目撃する。その男性は、翌日の新聞の記事には死亡したと出ていた。電車にはねられる瞬間、そして人間のかたちを失ったただの物体。生命とはいったいなんであろうか。いずれにせよ「死」が日常のなかに潜んでおり、不意に露呈するのだということが、おぼろげに感じられて、なにか目に見えない不安が私のなかにも芽生えてきたように思う。

すすむさんと僕はべつだん会話を交わさずに、停まったままの列車から原生林の間に見える白石の北郷という地域に広がる野菜畑を見つめていた。農家が散在しているこの地域と自殺体の対比が、僕のなかになんだか不思議な感情を引き起こしていた。

「あの人はなぜ自殺したんだろうかな」

とすすむさんは呟くように言った。少し吃音になっていた。僕はそんな理由などまったく考えたことはない。

「保阪は、死体を見たのは初めてか」

僕は震えながら、頷いた。そんな話をしたくない、との思いであった。すすむさんの声はとくにうわずっているわけでもなく、沈んでいるふうでもない。いつもの口調であった。

「なぜ死んだんだと思う？」

すすむさんはこだわっていた。でも僕には答えることなどできない。

僕はやっと動き出した汽車が鈍い音を発しながら、蒸気を吐いていくそのリズムに合わせながら、なぜあの人は死んだんだろう、と、すすむさんに倣って自分に問いかけはじめた。僕には、自殺する人の心理を解剖するだけの判断力はなかったが、自殺を否定するつもりもない感情が沸き起こっていることも事実だった。

このときからどのくらい経っていただろうか、やはり帰りの汽車のデッキで、不意にすすむさんは言った。

「この前、自殺の死体があっただろう。あのとき、保阪が真っ青な顔をして震えていただろう。死体を初めて見たと言ってさ……」

そして、特別にひやかすとか臆病だとかいうんじゃないけれど、と前置きしてこう言った。

「僕は小学校二年か三年のときに死体を見ているんだ」

戦争のときじゃないんだね、どこで見たの？　という僕の問いに、すすむさんは一気に話し出した。吃音ではなかった。すすむさんはなにかを伝えたいときには慌てた口調で話すから、自然と吃音は止まった。

すすむさんの家の近くにも原生林があった。その原生林で、ひとりで遊んでいるときに、不意に木の上から人がぶら下がっているのが見えたそうだ。いや、ぶら下がっているのではなく、大きな大人が粗末な軍服を着て、棒立ちになっているような感じだった、とすすむさんは言うのである。

「大きな大人」「棒立ち」という言葉が頭に残った。なんだか巨人が樹木のなかで立ちすくんでいる光景が浮かんできた。

「それでどうしたの?」

僕は慌ただしく尋ねる。

「たぶんそれがどんなことか、まだよくわからなかったんだろうな」

「…………」

「要するに首を吊って死んでいるんだ。だけどそんなこと、わからないから黙ってその巨人を見ていたわけさ。木からぶら下がっているというのは、へんてこりんなんだな」

あの鉄道自殺の死体を見たときに、もう何年も前になる自分の記憶が再生してきたのであろう、札幌を発った列車が白石に着くまでの十二、三分のあいだ、すすむさんはずっと「巨人が棒立ちしている光景」を話していた。僕はうなずくでもない、かといって聞きたくないわけでもない。ぼんやりとすすむさんの吃音ではない言葉を聞いていた。なんだかその巨人が小説や映画に出てくる化け物のように思えてきたからであった。

僕たちが死について話をするようになったのは、自殺死体を見てからのことではなかったろうか。僕は中学二年生の終わりごろになると、さまざまな文学書を読んで妙にませた質問をしたりするようになっていた。すすむさんは高校の受験勉強のときでありながら、僕との会話につきあってくれた。

誰のどういう本を読んだかなどはすっかり忘れてしまったのだが、僕がある思いつきを口にしたことがあった。日ごろ、気になっていることでもあった。大方どこかに書いてあった一文を思い出していたのかもしれない。

「人間には生きていたいという本能があるはずだ。自殺というのはその本能に反する知性とか理性でないのだろうか。欲望を抑えるのが、人間の理性ではないかと思うんだけど……」

そんなことを訥々と話したのである。僕はそのころ手当たりしだいに本を読んでいるうちにこうした疑問を抱くようになっていた。僕はまったくの孤独な少年と言っていい状態にあった。

そのことを意識するようになったのは、母の弟が大学の医学研究者になっていて、その研究室に何度か遊びに行ったからだと思う。

母には四人の弟がいたのだが、いずれも理系に進んでいた。二人は医学者として、一人は生理学の研究者、もう一人は臨床の場に出ていた。研究者になった叔父は、元々は江田島《えたじま》の海軍兵学校に進んで、軍人の道を歩もうとしていた。しかし敗戦となり、札幌に戻ってきたのだが、戦後は医学というまったく別の道に進んだ。

この叔父は、僕のことをかわいがってくれた。というより自分の人生の断片をそれとなく語ってくれたのだ。あるとき僕は、

「叔父さんはどうして海軍の軍人から、こんどは医学の研究者になろうと思ったの?」

と尋ねたことがあった。なにげない質問で、特別になにかを意識していたわけではなかった。でもそれは叔父にとって、自分の人生のなかで重要な意味をもっていることであったらしい。縁側の一角で竹を編んだ椅子に僕を座らせて、「正康くんはいい質問をする。でも中学生にしてはずいぶんものを考えるほうなんだな」と褒めてくれた。

「孤独なタイプだな」

と僕を見抜いたようなつぶやきも漏らした。そして僕に諄々《じゅんじゅん》と説いたのだ。

僕はその内容のすべてを覚えていない。ただ叔父から、孤独なタイプだと言われたことに、妙に心が重かった。たしかにそうではあったと思うけれど、いきなりそう言われて、僕はなにか急所を摑まれたようなイヤな思いがして身構えてしまった。

ただ、このときの叔父の話で印象に残ったことがある。

「戦争のときは、僕は死ぬことをなんとも思っていなかった。死んでお国に奉公するのが僕らの役目だったから。戦争が終わっただろう。こんどは考えかたが逆転したんだな。命が大切だとなったよ。では生命ってどんなものなのか、医学的に研究してみようと思ったんだね」

僕がすすむさんに、自殺というのは本能に対する理性の側の勝利ではないだろうかと尋ねたのは、叔父のこうした言葉を自分なりに考えて、新たに生まれた疑問だったのかもしれない。

僕の質問にたいして、すすむさんからは、少なくとも僕の印象に残るような答えはなかった。しかしおそらく、小学校の二年生か三年生のときに自殺体を見たすすむさんには、すすむさんなりの感情があったのだろうと思う。そして、たとえそれを僕に語ったとしても理解できないだろうと思ったのかもしれない。

27

「こんどは考えかたが逆転したんだな。命が大切だとなったよ」

叔父が私に説いたことはほとんど忘れてしまったが、この一節だけはその後の人生でいつも胸中にあった。そしてこの言葉こそ、戦後の日本社会では大きな意味をもつのだと考えるようになった。

死にたいする恐れは人生経験の積み重ねと周囲の変化のなかで、年齢とともに変わっていくのだと、いまの私は実感している。思えば、Nが自分の属する世界を少しずつ変えていったのは六十代なかばからであっただろうか。

それまでの友人関係や編集者との関係などでは、Nに向かって耳の痛い話をするものも少なくなかった。私もなんどか聞いている。

「Nさん、それは違うよ。そんな考えでは事態を間違って理解してしまうだろうな」

などと、歯に衣着せることなど考えてもいないといった口ぶりに、それがあらわれてしまうことも珍しくなかったのである。あるいは、じゅうぶんな経験もないのにいっぱしの口調の編集者に、Nがムキになって言い返す場面をなんども見た。

あくまで推測ではあるのだが、一言で言うならば、こうした対等の感覚で対話を試みるのに、Nは疲れたのではないだろうか。

あるとき、これまでとはまったく異なるNの表情に出会った。やはり新宿のNの行きつけの酒場であったろうか。私が腎臓がんでけっきょくは右側の腎臓を摘出したことを知って、Nはさかんに質問を発した。

「はじめにどんな症状でがんだとわかったの」

「手術は自分で決断したの？　奥さんとも話し合ったんだろう」

と、まるで自分が当事者であるかのように根掘り葉掘りの質問を続けるのであった。私は、Nもがんを気にしているのかと一瞬思った。しかしそんなことを尋ねても詮ないこと、私はNの質問にできるだけていねいに答えた。それが二人のあいだのルールのようなものと思ったからであった。

まだ八時か九時ごろであった。私はだいたい十時には酒場を離れるのをみずからに課している。Nにすれば酒場にいる序幕のような時間帯であったろう、めったに感情が激することのない時間でもあった。

「Nさん」と私は声を潜めて尋ねた。

「妹さんのがんのときはどうだったの。手術はうまくいっていたと言ってたけれど……」

「そうなんだ。思いだすのはつらいけれど、がんといえば妹が浮かぶ。あいつには苦労をかけたからね」

Nのすぐ下、三歳ほど離れた妹と私は顔見知りであった。芯のしっかりした女性であることは、会話を交わすとすぐに伝わってくる。その妹はNのことをなにかと気にかけていた。Nにとっても、もっとも頼りになる身近な人というべきであった。子どものころ、自動車に接触されて妹の脚は傷ついた。自分が付き添って歩いていたのに……と、Nはそのことをずっと心の傷にしていた。

「N先生はがんの心配をされているんですか。先生らしくもない、先生の死生観はがんなど怖くはないという点にあるのじゃあないんですか」

いきなり口を挟んできた者がいた。私も顔見知りの編集者であったが、そのとき四十代ではなかったか。私たちの近くのカウンター席に座っており、さして関心はないのだろうに、私とNとの会話の一部が耳に入って、会話に加わりたくなったのだろう。いささか生意気、いくぶん皮肉の口調であった。

こういう物言いに、いつものNなら激昂する。たいてい「おまえ、ふざけるな。よけいなことを言うな」と怒鳴りだし、場に白々しい空気が流れる。私は「こんな会話に怒ってもしかたない。放っておけば……」とNにささやくのが常態でもあった。

ところがNは、その編集者に一瞥を加えただけで怒りの台詞を吐かない。カウンターの焼酎のコップを見つめながら、黙したままであった。

私はそのとき、Nのなかに、なにかとてつもない重い障害物がのっかっているのではないかと案じた。私が腎臓がんを摘出した年だから、Nも六十六歳であっただろうか。Nの表情は、私がこれまで見たこともない疲れた顔になったように思う。なにかが起きていることが薄々と、そして矛盾するようだが確実に感じられたのであった。Nの心理に、これまでの自分を取り巻く人間環境をまったく変えてしまおうとの覚悟というべき変化が起こっていたのだと、のちに私は気づくことになる。

その日、私は十時を過ぎてから酒場を引き上げた。

「一度、電話をくれよ。厚別と白石だろう」

Nのいるテーブルに行って帰る旨を伝えたとき、そう言ってNは笑ったが、その表情には孤独の影がたしかに宿っていた。彼のまわりには、笑い声や冗談の応酬があって、独特の雰囲気が醸し出されるのが常であったが、いまにして思えばこのころからNの周辺の空気が澱み、沈みはじめたように思う。

同じ時期に親しい編集者が、「Nと会うので、同席しないか」と誘ってきた。断る理由もないので私も酒席の隅に座ったのだが、このときNは意外な挙に出た。日本の「軍国主義」についてもっと寛大な気持ちで見るべきだと、私やその編集者を説得しはじめたのである。「軍国主義」などとあえて極端なことばをもち出すが、要は戦後日本社会の軍事アレルギーにたいしての反発であり、罵倒であった。私はNのそういう論法はこれまでもよく聞いていたので、驚くことはなかったのだが、その編集者はなにかソワソワと腰を浮かしたのである。

Nは明らかに左翼教条主義とも称すべきその編集者に嫌味を言っているのがわかった。軍事は悪、戦前の軍国主義の批判に直進するのが善というような単純な二元論に楔《くさび》を打とうとしているかのようであった。

そういう会話を私の前で、とくに編集者のいる前ではけっして口にしなかったのに、このころからは遠慮がなくなった。Nはあえて極右的とも思われる言辞を口にして、私たちの反応を確かめているかのようであった。私の前ではそういうポーズをとらないと暗黙の約束のようなものがあったはずだった。しかしこのころからそういう遠慮というか気配りが消えていった。

私と対話しているとき、Nはしばしば「保阪くんは真面目だから」とか「戦後民主主義の礼賛者だから」と皮肉めいた口ぶりで言うのだった。どのような意味だろうと、初めは内心で首を捻っていたが、しだいにその意味がわかってきた。

真面目。それは単に世間の「大人たち」の言い分をそのまま受け入れているだけのことじゃないか、人間はそんな単純な存在ではない、もっと屈折した存在だろう、もっと素直になれ、それこそが北海道人じゃないかと誘ってきているのだ。

六十代なかばになって、もう人生も閉じる年齢にさしかかってきたときに、Nは誰にも遠慮せずに言いたいことを言い、考えていることをそのまま実行に移そうと決めた節があった。さらに、この社会の怠惰にほとほと愛想をつかしていることを隠すのが面倒になったのだ。そのことが私にも伝わってきた。

「保阪くんは軍国主義への批判が鋭いらしいねえ。僕はあまりそちらの方面を知らないし。だいち、君のその種の書を読んでいないしなあ」

などと言う。そんな口ぶりはそれまで——つまり三十年以上の時間をおいて再会してから——ほとんどなかった。あらためてNの心中になにか変化が起こっていることが察せられた。Nがみずからの周囲のどういう人物の言に耳を傾けているのか、たとえば私の著作への批判的感想を口にするときの定型、常套句が誰からのものなのかも見えてきた。いや、Nは、私にそれを教えているようでもあった。

それまで親しかった研究者、それに文筆家などにも、Nはさりげなく線を引いているかのようだった。

高校時代の不良がかった友人をしきりに話題に出してくるのだが、その人物を誰も知らない。あたりまえである。にもかかわらずその反社会的友人との交流の所以《ゆえん》を酒場でとくとくと語ったりするのであった。そしてそのつきあいを『友情』という書として著した。

いわばノンフィクションという分類のうちに入るのだろうが、残念ながらこの作品はNがみずからの青年期の心中に宿っている風景を原稿用紙になぞっただけで、感動を呼ぶ書とはとうてい言えないとの印象を私はもった。そのこと自体は私の感想にすぎない。問題はそうした賛仰者たちばかりを周囲に侍らせ、それまでよく会っていた編集者とも少しずつ距離を置くように見えたことにある。

いくぶん辛辣に、しかしもっともその心中を理解している編集者が、Nのまわりには会社の枠を超えて集まっていた。だいたいがNのいくぶんジメジメした感性の、蜘蛛の巣のようなグループづくりとは距離を置いていた。いわば都市の冷めた近所づきあいが好みというタイプの連中であった。彼らがNのまわりを離れていくさまは、まさに潮が引いていくような感もするほどであった。

Nの妹が、病で入院する前に「兄と終生つきあってくださいね」と私に洩らした意味がわかってきた。

夫人ががんと闘っていること、N自身もまた皮膚病、あるいは神経系の病に冒されていることを、本人から聞かされたのはまもなくのことである。手袋を離さなかったのはそのためで、症状はしだいに悪化していきそうだと顔をしかめる。そういうことを知らされて、私はNがさまざまな意味で自分を変えていくことを決意したのだと、やっと合点がゆくと同時に、いささか不吉な思いを抱いた。

「そういえば彼から最近は電話がかかってこないなあ」

私の周囲の友人たちのそのような言に、不意に、Nが死の準備に入ったのではないかとの思いがよぎることがあった。

28

Nが、視線を落として夫人の病について語ったのは、平成十八年（二〇〇六）の終わりか十九年でなかったろうか。

N会ともいうべきサークルの仲間とバス旅行を楽しむような交流も途絶えたころだった。それでも札幌の『北の発言』の読書会のようなことは続いていたと思うのだが、その札幌での集まりのときだったとの記憶がある。

講演会の後に十数人のNファンが集まり、心置きなく発言する酒席が、私も楽しみであった。この日は札幌の南方、私とNが越境して通った中学への道筋にある、フランスかイタリア風のレストランだった。むろんNが座の中心に座っている。

Nが話しているときに私語を交わす青年たちがいた。

「人の話も聞けないのかっ」

一喝の響きに座は空気の震える音が聞こえるくらい静かになった。

〈Nさん、奥さんが同行していないので、苛立って抑えが利かなくなっているな〉

私は、隣で内心苦笑いをしていた。それにしても夫人が同行していないとは珍しい。座がしだいに喧騒に変わっていくと、Nはふつうなら声高に笑い、語り、そして皮肉を飛ばすのだが、このときはちがった。むしろ沈んだ表情になっていく。目を細める表情は、彼がその場にうまく馴染んでいないことをあらわしているのだが、まさにそのような視線であった。

「今回は奥さんがどうして一緒じゃないの」

私が尋ねると、Nは声を落とした。

「がんだと正式にわかったんだ……」

夫人の顔色がすぐれない、と妻が洩らしていたのを思い出した。どのようながんなのか、Nは手短にやはり声を落として説明した。何人かが一言も発せずにNの言に耳を傾けていた。

その一、二年前に、私は右腎にがん細胞が見つかり、摘出手術を受けていた。それもあってがんの初期ならとくに怖くはないと勝手に決めていた。そんな私の反応と口ぶりに対して、Nは夫人の名を挙げ、

「彼女の状態はそんなわけではないんだっ」

と告げた。怒りの口調であった。そのとき、私は心中で「ああっ」と、わけのわからない叫びを発していた。夫人の症状は相当に進行している、というのがその口調のなかに含まれていたからだった。

Nは、夫人の症状を詳しく説明するよりも、「漢方で免疫力をつけることにしたんだ」とか「風呂の水をあまり換えずにそれで免疫力は増すんだ」などと言って、漢方の力や風呂水療法についで話しつづけるのだった。そうすることで、みずからの気持ちを納得させているかのようでもあった。

酒の進まぬ日となった。Nとの会話はいつも笑い声が絶えなかったはずなのに、こういう話

を、声を潜めながら交わすとは……。心が寂れていく。

座が静まり返ったときに私は席を立って、少し外の空気を吸いにドアを押した。携帯電話を取り出して、妻の番号につないだ。

N夫人ががんで、症状はよくないようだ、と伝えた。しばらくその病についての会話を重ねていると、不意に妻が言った。

「Nさんはもし奥さまがお亡くなりになったら、たぶん自殺すると思うわ」

「えっ」と私は絶句した。妻は、驚くほうがおかしいわ、と言う。以前Nに、「Nさんは奥さまと一心同体ですね」と、なにげなく口にすると、Nは深くうなずき、顔中を笑みだらけにして、その言葉をなんどかくりかえしたというのであった。

レストランに戻り、Nとのテーブルにつこうとしたとき、私は呼び止められたような気がした。なぜかわからないがNのすぐ下の妹だと直感した。

あのとき、病と闘っていた妹さんは、私の名を呼んで、確かめるようにこう言った。

「前にも言いましたが、兄とは終生おつきあいしてくださいね。兄は誰とでもすぐに喧嘩をして……」

そういえばこういう言葉も聞かされたのだったと思いうなずいた。

妹さんは、最近自分の周辺で起こったある事実を語った。身内の集まりでもNが激昂したというのであった。Nの苛立ちを示すできごとであった。不謹慎な言いかたになるのだが、たしかに

Nのほうに責められる理由を見出せた。

私はNの心中がしだいに鋭角になっていることを知った。私の妻や妹さんは、私の知らないNの心理を的確に見据えていて、案じていたかのようであった。私のなかに、いまのNではなく、あの少年期のいささか吃音気味に話す姿が広がった。

29

越境入学だというので、僕らに反感をもつ教師もいたことはなんどか書いた。なにゆえに叱責されるのかわからずに、全校集会で立たされたりもした。だから僕は目立たぬように、教室の集団のなかに埋没するかのような日々を送ろうと努めた。それが習い性になっていった。

毎朝、あるいは午後にすすむさんと顔を合わせたときに、瞬時にその表情をうかがうのが僕の性格になっていた。すすむさんもやはりその日によって変化があるのだが、機嫌のよいときは目を細めて笑みが顔中に広がり、その上に白線が入った学帽がそっと置かれているといった趣であった。

すすむさんが中学三年のときになるのだが、僕はある体験を通学列車のデッキで呪文を唱えるように話しつづけたことがあった。その日の朝刊に大きく取り上げられた記事についてである。

「先生の生徒に対する暴力を大きく報じている記事、読んだ?」

「うん、見たよ」

「あの先生は、僕の小学校のときの先生なんだ」

すすむさんは身を乗り出してきた。興味をもってくれたのだ。

この日の朝刊に、札幌市内のある小学校で教師が生徒に凄まじい体罰を与えた、という記事が載っていた。社会面の三分の一ほど使ってである。僕はその紙面を、家を出る前に広げて、八雲での小学校のときの担任だったと独り言をなんども呟いた。母親も「あのおとなしそうな先生が」と新聞から目を離さなかった。僕は慌てて家を出て、駅に走ったのである。その興奮が列車に乗っても収まらなかった。

この日は僕が会話を引っ張るかたちになった。

「その先生はいつもぶん殴ったのか」

「そんなことないよ。僕はぶん殴られるほうが悪いと思う。僕らのときもそうだったから」

と言いながらも、僕は先生との思い出を話しつづけた。

先生は小学校高学年の三年間の担任だったが、生徒を半狂乱になって殴ったことが一度だけあった。ある生徒が授業中に、先生に向かって「非国民」というような戦時下の言葉をなんどか口にしたのである。先生は彼を教壇の前に呼び出して一回殴りつけ、もう一回言ってみろ、と怒鳴り、暴れん坊できかん気の生徒が言われたとおりくりかえすと我を失った。

殴る、蹴る。しかし、その生徒は黙ってその仕打ちに耐えていた。女生徒のなかには泣きだす者もいた。僕は暴力とはこういうことを指すのだ、と初めて知った。

その先生は作文を書かせるのが好きで、週に一回は生徒に課した。僕は先生がいつも作文を褒めてくれるので、作文の時間が増えるたびに内心で喜んだ。校内を代表して作文コンクールへの応募作品をなんどか書かされた。入選することもあり、ノートとか鉛筆一ダース、賞状などをもらった。あるときなど、先生は僕の作文を評して、「保阪は作家になるといい」とクラスのなかに触れまわった。

僕はそんな思い出話をすすむさんに言葉を急いで伝えた。

「その先生がもっとも褒めたっていうのは、どんなことを書いたのか？」

質問が嬉しかった。先生の褒めかたは、その後の僕を励ます、宝物と言うべき言葉だったのである。

小学校五年生のときであったか、校内でクラス対抗の野球大会があった。僕はショートを守った。七回戦の試合だ。僕たちはあっさり負けた。

教室に戻ると、先生は「次の時間は、いまの野球の試合を作文で書きなさい。試合に出たものは出た感想を、出なかったものは見ていての感想でもいい」と言うのである。僕は、だらだら書いてもしかたがないので、自分たちが点数を取られた五回裏のことだけを懸命に書いた。悔しい思いもあったからだった。相手のチームの喜びかたを書き、僕らのチームのまとまりの悪さを書く結果になった。

先生が僕の作文を褒めたのは、単に試合の経過をなぞるような感想文ではなかったことにあった。そして「作文とはこういう書きかたをすべきなんだ」と言ってくれたのである。

「新聞に出ている暴力先生が、作文教育に熱心なのか。ふーん」

すすむさんは僕の話を聞き終えると、きょうの新聞記事にはなにかウラがあるんだろうな、とさかんに首を捻る。

「僕はその記事をきちんと読んでいないけど、家に帰ったらあらためて読んでみるよ」

すすむさんは新聞をそのまま信用しないのだ、と僕は自分よりはるかに大人の世界を知っているすすむさんに尊敬の念をもった。

翌日、すすむさんは、僕が白石駅から乗るのを待っており、僕を見るなり、「あの先生はやはり利用されたんだよ」と意外なことを言い出した。すすむさんはそういう情報を知るべきルートをもっていたようであった。

「その先生は軍隊帰りで、もともとは文学青年だったらしい。おとなしい先生だったろう。それが軍隊で変わったんだな」

と、すすむさんは言い、妙にその先生に同情を寄せるのであった。なぜ、すすむさんはそんなこと知っているの、と僕は尋ねたかったのだが、どうやらすすむさんもその先生とどこかで接点があったのかもしれないとの考えが先に立った。なんであれ、すすむさんがその先生に共感しているらしいのが、僕には嬉しかった。

すでに書いてもきたが、昭和二十年代の教師のなかには、みずからの心情をそのまま生徒にぶつけてくる者も少なくなかった。そういう教師には共通点があったように思うのだ。

私の通っていた中学の教師のなかには、まるで生徒で憂さ晴らしをするかのように、気まぐれに暴力を振るう教師もいた。いまなら考えられないことだが、民主主義の時代に入ったとはいえ昭和二十年代の初め、生徒への暴力はけっして珍しくはなかった。たぶんそれは、軍隊生活を体験してきた青年教師たちにとって、暴力が日常の掟であったことと関連があったのだろう。「保阪は作家になるといい」と言ってくれたあの先生も、例外ではなかったのだと思う。

後年の再会のあと、暴力をふるったあの先生についてなんであんなことを言ったのか、Nに質したことがある。

「ああ、教育委員会関係に、知っている人がいたんだよ。だからさ、案外情報が入ってきてさ」

長ずるにおよんで気づくことになるのだが、北海道教職員組合はイデオロギーが鮮明に出ている組織であった。私たちに作文を書かせた先生は、どうやら組合活動に批判をもっていたらしい。軍隊生活を体験した先生には馴染めない部分が残っていたのだろう。それで他の先生たちの反発を買ったのではないか、というのがNの見立てであり、なぜか私がその話をもちだした列車のデッキの光景まで覚えていた。

「戦争で痛めつけられたその先生は、どこかで怒りの限界点を越えるときがあったんだよ。ほら、覚えているだろう、よくわれわれが札幌駅で列車を待っていると、喧嘩があったじゃないか。保阪くんはそういう光景をよく見て記憶するほうだったから、いくつか覚えているはずだ。冬に待合室のストーブの前でさ、酒が入っていたにしてもよく兵隊帰りの労働者が言い合いを始め、取っ組み合いをして仲間に止められたりしてさ……」

そういえばそういう喧嘩は私もよく見ていた。取っ組み合いが激しくなる前に誰かが止めてしまうのだが、そういう喧嘩の原因のなかには戦時中の認識のちがいや思想のちがいがあったのではなかったろうか。新聞に出たあの先生の暴力事件も、かつて私が目撃した教室内のできごとと似た状況で起こったのかもしれない。

とすれば、あの記事の背景には教師間の対立があり、一部の教師と新聞記者との野合によるフレームアップだった可能性もありうる……。はるか半世紀近くも過ぎてから、私の記憶はある彩りをもったのだ。

そうか、あのころはそういう諍いを考えもしなかった。一方、Nは大人の社会での人間味丸出しの闘いを知りはじめていたことになるのだろうか。

「僕らってさ、あの越境通学で他の連中より大人の社会を見ていたと思うんだ。早熟の面もあったしさ」

そういえば空いた列車では、デッキにいる私たちにかまわず、抱き合ってキスをしている連中もいたっけ。見ないようにしていたが、じつはこっそりと視線を走らせて見ていたりしたのだ。そんな光景を思い出して話せたのは、再会してよく酒席をともにするようになってからだった。例によって新宿のNの行きつけの酒場であったのだが、この話の後日譚について触れることがあった。

記事から二十年ほど後のことである。小学校のクラス会が開かれた。私は出席しなかったが、あの先生は、老いの身だから出席できないと断ってきたそうだ。そこまでの年齢ではないような気がした。あとで幹事がこっそりと、声を潜めて漏らしたという。

「逆にあいつに殴られるのではないか、怖いから出ないというのがほんとうの理由だよ」

その話をNに伝えると「わかるような、わからないような話だよな」と考える視線になった。

30

そのころになるのだろうが、私の刊行した著作の数が百点を超えたうえにある賞を受賞したこともあって、編集者たちが記念パーティーを開いてくれた。会場は東京會舘だったと思う。久しぶりに私も友人連中と顔を合わせてあちこちの談笑の輪に加わって会話を弾ませた。

Nも出席してくれた。「きょうは挨拶させてよ」と小声で囁く。司会をつとめてくれる編集者に確認すると「むろんお話しいただくことになっていますよ」と言う。そして、苦笑いを浮かべながら「なんどか、僕の挨拶はまだかまだかとせっつかれていますよ」と付け加えるのだった。

私にはその気持ちが、すぐにわかった。パーティーで最初の挨拶がなされるときは、まだ空気もできあがっていないので会場のざわめきが少ない。しかし、はじめのいくつかのそれが終わると、もうだめだ。一呼吸おいた後の笑いさざめきのなか、司会者の促しで挨拶をさせられるのは、まったくのところ壁に向かって話しているのと同じなのだ。話しているほうは、なにか侮られているような心理状態になってしまう。Nはそういう空気に耐えられない。それゆえに早い順番で挨拶させろと、会の発起人たちに注文をつけているのであった。

司会者がさかんに「ご静粛に」と注意したこともあり、Nのスピーチには誰もが耳を傾けた。やはりあの越境通学のときに立ち戻るかのような内容であった。

「保阪君とはもともとは札幌郡白石村の彼と字《あざ》厚別の僕とで、隣に住んでいたような感じだったんだ。一緒に通学した仲だが、彼はよく風景を見ていた……」

そして、保阪君は先生の言うことをよく聞く真面目な生徒、僕はいささか不良がかった生徒だった、という内容を幾分くだけた口調で語った。私は真面目というよりしだいに自分の心に閉じこもるタイプ、Nは肩を張って自己主張するタイプであった。しかしこの時代の話になると、Nの口調には笑いが遠い感じがした。

私は、妻と並んだ壇上で、暴露（？）されるエピソードを苦笑混じりに聞くという役まわりであった。これまでもそうしたことはあったので、私はそれ用の表情を作っては、Nを見つめつづけた。

ところが、隣に立っている妻は、「Nさんは涙をこらえているわ」と呟く。私にはとうてい考えられない言葉であった。

Nを見やると、眉を顔の中心に寄せて、笑うでもなく、泣いているような表情でもなく、淡々と故郷の思い出話を語っている。その姿に妻の言葉が重なったときに、不意に涙ぐんだのは私であった。白石の保阪、厚別の自分、そう叫ぶ彼の心中にはあのころの痛切な思い出が、その後の人生を動かすような記憶が堆積しているのだと気がついたからであった。それはなんだろう、私は同じ風景を共有しているはずだ……。

いまから思えば、Nとのあいだでなにか壁が取れたような、いや、逆に壁ができたような、もどかしい自問自答が始まる契機だった。


それにしてもなぜ妻は、「Nさんはもし奥さまがお亡くなりになったら、たぶん自殺すると思うわ」とか「Nさんは涙をこらえているわ」と感じるのだろう。Nと会ったのはそれこそバス旅行で、私についてきたときの五、六回しかないはずなのに。

妻によると、このパーティーの日、Nに会うなり、夫人の体調についてさりげなく質したそうである。するとNは漢方と西洋医学について縷々《るる》語り、病と懸命に闘っている伴侶について説明したというのだ。その上でこう言ったそうである。

「彼女がいての僕だから」

やっぱり一心同体なんだと、思わず涙が出てきたという。Nはその涙に、奥さんありがとう、と答えたというのであった。

その経緯を聞いて、私はNの心中に相当大きな心理上の変化が起こっていると悟った。そしてNが時折もちかけてきた「プラン」が思い出されてきた。私の身内の青年とNの係累の女性を見合いさせ、結婚までもっていこうと説くのであった。いいアイデアだろう、と誘う。いまどき見合いというのは流行らないのでは、それに当人の問題だしと私が怯んでいると、Nはとにかく結婚させるんだとくりかえした。

Nは北海道の「血と土」への信頼を語っていたのかもしれなかった。Nも私も老いのなかでそのような方向へ方向へと向かっていたということだろうか。六十代後半になって、人生にもはやそれほどの時間が残されていないとはお互いにわかっていることであった。

31

あれは平成二十年（二〇〇八）のころだっただろうか。

担当編集者と新宿のホテルのラウンジで打ち合わせを終えて、雑談に耽っていると、彼が不意に「もしよろしければ、Nさんの行きつけのバーに行ってみませんか」と言い出した。私は老いるにしたがい、酒を飲むのがつらくなってきていたのだが、「ビールなら」と応じた。

六十代後半にさしかかっている私から見れば、まだ四十代のその編集者は青年のような身のこなしで雑踏のなかを歩く。私はそれについて行くのがやっとであり、繁華街を歩く人波のリズムに後れをとる年齢を自覚しなければならなかった。

三階建てのビルの地下にそのバーはあった。開店準備を終えたばかりの店内には、酔客の大声や濁声《だみごえ》を待ち受けているような構えがあった。Nがしばしば開店直後に顔を出すというのは、こういう空気が気に入っているのだなということがすぐにわかった。私はビールをかたちだけ、呑み助のように口に運んだが、やがてくる酔いの時間までとうてい待つことはできないことを体で理解した。

マダムが心得顔に、「昨日もNさんがきましたよ、夜遅くでしたけどね」と会話の糸口をつけてくれた。すると編集者は他愛もない口ぶりでこう言った。

「Nさんが先日ある講演で、ジャーナリストを称する人からイヤな質問を受けて激昂したらしいですよ。会場の空気はまさに凍りついた。うちの社のHさんがなだめたそうです……」

そして、怒りぶりを物真似風に描写する。Nをからかいの口調で語る世代がすでに出版界では主流になっているのであった。


マダムは、私たちを仕事の打ち合わせの延長とみたのか、さりげなく離れていった。早い客がカウンターでマダムをつかまえる時間でもあった。

私はこの編集者と話していて、いささか腹が立ってきた。また同時に、広まっている噂を、Nに都合のよい方向に変えてやろうとの悪戯心を覚えた。少しずつ客が入ってきて、店の空気も変わってきたことが、その心を後押しした。

「あなたが聞いた、Nさんが講演で激昂した件は最近のことではないよ。もう二、三年も前の話で、それならよく知っている。なにしろ僕自身が絡んでもいるからね。Nさんに無礼な質問をしたというのは某新聞社の元論説委員だろう?」

「はあ、そうかもしれません」

「その日は、ほんとうは僕がNさんを連れて出席する予定だったんだ。けれど時間の都合がつかなくて付き添いをHさんに頼んだんだ」

「えっ」

「われわれのあいだでも、その話は当日のうちに知れわたった。僕はNさんが悪いとは思わないね。この点では君も僕に加担してほしいもんだな……」

私は少々もったいをつけ、このエピソード（すでに記したことではあるが）を少し色づけすることで、彼を「折伏《しやくぶく》」することにした。

「質問者は東大出身でNさんとは同世代だったらしい。なんだか悦に入ったような表情で、こう尋ねたそうだよ。〝キミとは大学時代に同じところで学んだ。あの六〇年安保闘争を戦った仲間とも言えるわけだが、キミは学生運動の指導者の立場にあって学生たちにいろいろ呼びかけた。そしてその後に転向した。こういう来歴をどう思っているのか、またはどういう反省をしているのか。その責任についてはどういうふうに理解しているのか。そのへんを質問してみたいと思ってきょうは出席したんだ〟ってね」

「…………」

「ずいぶん上から目線の物言いじゃないか。まったく失礼な話だよ。Hさんは〝質問を聞いているうちに、これはまずいなあと思いましたよ〟と言ってたけれど、Nさんが例の巻き舌でまくし立て、アウトローのように凄み、怒鳴り返したのは無理もない。そう思わないかい？」

はたしてこの編集者に納得してもらえたかどうかはわからない。ともあれ、この一件はさまざまに尾鰭がついて、Nの友人、知人の間に広まっているようだった。ほかにも彼はNの噂話をいくつか教えてくれたが、ある大学で講演をしたときに態度の悪い学生を満座のなかで叱りつけただの、テレビの討論番組で気に入らない質問をした司会者に怒ってそのままスタジオから出ていったとかの類で、すでに私の知っていることばかりだった。

しかし、そういう話を聞きながら、私はNの性格が周囲からどう見られているのかを思い知らされた。ヒステリックで感情の抑制の利かない、ただの過激な直接行動主義者《ブランキスト》という烙印が、Nには押されているかのようだった。

少しずつ酔声が私たちを囲んでいく。酔えずにいる私のなかで「指導者」「転向」「来歴」「反省」「責任」という元論説委員氏の挙げた言葉の数々が入り乱れ、Nが独房で膝小僧を抱えこみながらじっと考えこんでいる光景がなんども浮かんできた。

こうした名辞を耳にするとNは興奮し、取り乱すのであった。その取り乱しようは、たしかに尋常一様ではない。しかしその姿にこそNの責任の取りかたの一端があり、それがNの心を解放するのである。

でも、いまのところ「あの話」は広がっていないな、と私はこのような機会に確認することができた。Nの性格から言って、心中深く秘し、けっして口にしないと決めていたことがいくつかあったと思う。Nはますます饒舌になりながら、ますます心を閉ざしていった。ただ、そのすべてとは思わないがいくつかについて、例外的に私は聞かされていた気がする……。

Nが他人には伏せていたことではあるが、ここであえて書いておく。「あの話」というのは、たとえば次のようなことだ。Nに近い人物の子弟が、いうところの全共闘世代であり、いわば活動家でもあったらしい。その世代に対する警備当局の弾圧のしかたに苛立ち、Nは警備当局に直接に電話をして抗議をしている。匿名の電話でなく、きちんと名を名乗り、詰問したというのだ。そういう筋の通しかたに、私はなるほどと頷いたが、そういうときのNの心理には単純な転向という問題を超えた反骨精神があった。

それゆえにその言動はある時期から、複雑に揺れているかのように誤解された。

32

それから二、三年後だろうか、私はなにかの会合を終えたあと、一人でこのバーに行ったことがあった。夜の十時近くだったように思う。たぶん知り合いの編集者がいるだろうし、話し相手がいてもいなくてもビール一杯でも飲んで帰ろうと決めてのことであった。

Nが二、三人の取り巻きに囲まれてカウンターで杯を傾けていた。

「ここに座ってよ」と席を空ける。本人の隣であった。しばらく何人かで雑談のキャッチボールを続けていたのだが、やがてごく自然にNとの二人のヒソヒソ話になった。

「保阪くん……」

突然、丁寧な言葉になった。

「どこからかピストルが手に入らないだろうか」

丁寧ながら、からかいの響きがあるような、ないような言いかたであった。むろん私にそんな手蔓なんかあるわけもない。

「ピストルでなにをするんですか。まさか強盗などするわけではないでしょう?」

「死ぬんですよ」

意外なほど真面目な表情になり、あっさりと言ってのける。なぜこういう顔になるんだろう。ピストルを都合できないか、などというのは私たち日本の市民社会に生きているものには考えもつかない発想だ。しかしNは小声で囁くのだ。

少年期から変わらないなあと、私は思った。人を食ったような、しかしそれがじつは彼の含羞なのだ。死ぬためだというのは、半分ほんとうだろうと感じられた。

「ピストルで自殺するっていうんですか?」

「そうさ。それだと失敗はないだろう」

ふたたび言葉がぞんざいになった。

「失敗するケースもありますよ。東條英機なんかA級戦犯で逮捕されるときにピストル自決を試みて失敗していますよ。そのぶん、笑いものになっていますけれどね」

「そりゃ惨めなもんだよなぁ」

会話を続けていて、私はNがけっして冗談で言っているわけではないことを理解した。

「Nさん。ピストルなんて裏稼業の人たちから、すぐにでも手に入るんじゃないですか。あのルートを使えばいいんじゃないですか」

「僕なんか、札幌のもっとも大きな暴力団の幹部に仲間がいる」と、Nはしばしば私たちにも語っていた。そんなとき、Nはいい年をしながらいっぱしの虞犯《ぐはん》少年のようであった。

同級生の学友が裏稼業に入り、そういう組織の一員であること、その友人がNの細かい心遣いに感謝していることはよく知られていた。のちにNはふたりの交情を『友情』と題して刊行している。私がその取材の一部を手伝ったこと、その内容を必ずしも評価しているわけではないことはすでに記したが、「ノンフィクションというジャンルはおもしろいよな」とNがしばしば口にするようになったのはその仕事を終えてからであった。

Nは目を細めて、絞り出すように言った。

「あのルートといっても、僕は組の連中とつきあっているわけじゃない。それに奴はもうこの世にいないし……」

Nのヤクザの友人は、内地からの暴力団を迎え撃つ役を引き受けて、ピストルで狼藉をはたらいたと聞いた。最終的には拳銃自決を遂げたと聞かされた記憶もある。そう、ピストルで命を絶ったのである。

Nはそういうアウトローの手順を踏んで死んでいこうとしているのではないか。

Nさんは奥さんがいなければ生きていけない人、もし奥さんが亡くなればNさんも自殺するわよ、との妻の言葉が、バーのカウンターに立ち上がってきた。夫人の一期《いちご》をみずからの一期とする覚悟を、Nは固めつつあるのではないか。

「ああ、この人はほんとうに死ぬことを考えている」

私はこの日、Nの心中に大きな渦が生じていることを知った。かつて鳴門海峡を船で渡ったときに見たあの激しい潮の流れのように。

33

当時の私は、練馬の仕事部屋に泊まりこむ忙しい日々にあった。仕事部屋に帰り着き、ベッドに横になりながら、Nの発言を反芻してみた。

新宿の酒場のカウンターで、ピストルが入手できないかなどという、なんとも無粋、物騒な会話を交わした。むろんものは試しにということで訊いたにすぎないのだろうが、ごくふつうの市民生活を送っている者がそういう物騒な凶器を入手できるわけはないと知りつつ、なぜそんなことを言うのだろうと私は首を捻った。心理的にもやけになっているのかなと疑った。

いや、ピストルを入手する方法がないかなどと尋ねてくるのは、Nが私を試しているとも考えられる（あとになって、同様の経験をもつ編集者や作家、評論家が少なからずいることを私は知った）。おまえは無頼の連中とつきあっているのか、あるいはそういう連中につながるルートはもっているか、と。おまえがそういう人物なら見どころがあると言いたかったのではないか。

あれこれ考えているうちにNの屈折した感情にやっと気がついた。初めはふつうの市民生活の枠組みのなかで考えていたのだが、それでは答えが出てこないと気がついたと言ってもよかった。Nは自分の周囲に自分と同じような生きかたをしている者はいないのか、と探しまわっているのである。

いちおうは知識人としての社会的な顔を持ち、その顔で世渡りをしているが、もうひとつ別な面ではアウトローの生活心情も理解している、そんな奴は自分の周囲にはいないのか、と探りを入れてきたように思えてくるのだ。「いいよ。ピストルなんてすぐ都合するよ」とでも言おうものなら、Nはその男を心底から信用したにちがいないのだ。こいつは俺の仲間だ、と。Nは自分と同じタイプの友人の助けを切実に求めているのだ。


民間療法に頼っている夫人のがん治療は大きく変化はしていないようだ。よくなることはなく、悪くなることを防ぐのがさしあたりの治療法だとはNの言であった。夫人は運命にすべてを託し、子どもたちへの遺言なども伝えているらしい。Nもまた自分の死後について考えはじめているとの噂もあった。

不意に視野が広がり、Nの人生の姿がはっきりと浮かんで見えてきたような気がした。あの越境通学の日々、その後の折々の交歓があったにせよ、Nとはもはや心からの会話はできないのだ。おそらくNは、誰にたいしても気持ちよく接したとしても、友人の助けを切実に求めているにしても、己の心は閉じて生きていくことをみずからに誓ったに相違ない。

ついに確信のようなものが訪れた。

「Nは自分の人生にケジメをつけはじめたのだ」

そう思い至ると、私はNの心中を一つずつ解きほぐしていくことができた。それを書き残しておくのは、自分の義務のようにも思えてきたのである。

僕が中学二年生の終わりごろ、すすむさんは中学三年生で、高校入試で勉強を強いられたときであったのだが、一月の寒さのなか札幌駅の待合室で二時間ほど時間を潰したことが、記憶に残っている。

銀山《ぎんざん》や余市《よいち》の付近で大雪が降り、函館本線にかなりの遅れが出て、僕たちの乗るはずであった列車も時間単位で遅れることになったのだ。

例によって僕は、待合室でぼんやりと人の波を見ていた。待合室は夕方のラッシュの時間になると、通勤客の波でしだいに動きが取れなくなっていく。なんとも言えない臭気があたり一面に漂う。

僕はクラスの友人たちが、こんな空気などまったく体験せずに、すでに家で勉強をしていると気がつくと、なにか鬱陶しい気分になり、もうこんな越境生活は面倒だと心底から自分の置かれている状況を疎ましく思うのであった。僕はまだ見なくていいはずの社会の気だるい光景に強い苛立ちを感じるような少年になっていた。

待合室のストーブからはかなり離れた長椅子に座り、僕はそのころ読み進めていた森鷗外の小説などを読んでいた。いや、じつは活字など目に入らないのであって、単に開いているだけであった。

「ほさか」。僕の名字を、声を潜めて呼びかけてから、さらに吃音混じりの小声で、「竹沢さんが駅にいるよ」とすすむさんは言葉を足してきた。すすむさんは竹沢の姿を見ても、自分からは話しかけるのをためらっていたのであろう。従兄弟の僕を間に挟めば、会話も可能と考えたに違いない。

竹沢は、すすむさんや僕よりは三歳年上になるのだが、学年で言えば三学年上の上級生であり、すすむさんから見ると二学年上になるのだった。こんな言いかたはあまり好きではないが、いわゆる秀才であった。僕の家の近所に住んでいたが、絶えず机に向かって学びの姿勢を保っていた。

竹沢も、そして僕もということになるのだが、柏中学校に越境通学していたのは、旧制札幌第一中学校の流れを汲む札幌南高等学校に入学するためであった。僕の一族は、たとえば母の弟や従兄弟などはほとんどが旧制一中を卒業していた。そして北大予科に入ったり、第二高等学校(旧制二高)に入ったりして、北海道帝国大や東北帝国大、さらには海軍兵学校に進んでいた。かつての一中である南高に進まなければ、僕の両親も肩身の狭い思いをする環境ではあった。僕は家族のための生贄なんだな、と心中で密かにつぶやいていた。

竹沢にもそのような圧力があったのかもしれない。竹沢の父は旧制旭川師範学校の教授であった。乞われて戦後民主主義の風潮のもと、ある町の町長に立候補して当選し、その職にあった。しかし札幌での会議に出席の途次に交通事故に遭い死亡したと聞かされていた。「教授に留まっていればよかったのに」という愚痴は、親戚のものからも聞かされた。

父親が亡くなったとき、竹沢は中学二年であった。白石に移り住むと、越境して柏中学に編入した。それからほぼ毎日、すすむさんとその兄とで列車や電車を乗り継ぐ仲間となったのだ。

竹沢は高校進学の際、南高に願書を出すように言われても、「僕はこの地域の高校である東高を受ける」と譲らなかった。当時の北海道の高校入試は小学区制で、白石の成績優秀者は旧制の高等女学校であった札幌東高等学校に進むのがふつうとされたのだが、やはり旧制一中である南高を学区外受験させる家庭も少なくなかったのだ。

けっきょく竹沢は、南高に進まず東高に進んだ。寄留して通うのはルール違反だと、従兄弟の僕にはこっそりと言っていた。自分同様に僕が越境入学させられて、まだ十二、三歳なのに列車と電車を乗り継いで同じ柏中学に通う姿にも、密かに同情を寄せてくれていた。それが体力的にも、心理的にもどれほど負担なのかを理解していたからである。僕と会うたびに、「東高に進んで、のんびり通学するほうがいいよ」と小声でささやいた。僕は竹沢が、ただ一人の味方だと内心で慕っていた。

竹沢は北大に入り、大学院で触媒の研究をして、それなりの実績を積んだ。大学院を出てからハーバードに留学して、名を知られるようになったらしい。私は竹沢の学問分野をまったく理解できないが、それでも教授になっても会うたびに自分の研究テーマの一端を語る口ぶりは少年期からの自信に満ちたそれであった。

Nがテレビで、あるいは講演で、独特の口調で現実批判をするのを見るたびに、私に電話をかけてきて、「すすむに会う立場にはないけれど、生き急ぐな、政治に関わるな、論文を書け、と言っておいてよ」と伝言を託すのであった。

Nの吸収力の速さとたちまちに論理を深めることのできる頭脳はアメリカで見た研究者に匹敵する、もったいないなあ、と愚痴った。遠まわしにその言を伝えた際、Nは「中学生のときに、あの人と柏中学から札幌駅まで二人で歩いたことが二、三回あったんだ、僕に自信というものを与えてくれた人なんだ」と珍しく素直に、目を細めて頷いた。

そう、あれは昭和二十九年(一九五四)の一月だったのだが、札幌駅で列車の動きを待つ間の二時間ほど、臭気と喧騒の空間のなかで、Nと高校二年生であった竹沢、そして南高に進んでいたNのお兄さんであるMさんの三人が、待合室の隅でこれからの自分の人生がどんなふうにひらけていくのか、会話を交わした。私にはそういう会話に加わる力などなく、ただただ三人の会話に耳を傾けていた。

どういう流れでそうなったのか知る由もなかったが、竹沢とMさんが東大を受けるのか、という話になった。二人とも長男だし、下に弟妹もいるし、というやりとりになった。たしかに竹沢にも妹が二人いた。MさんにもNのほかに四人の妹がいる。

「東京に行くのは無理だよな。札幌でならばなんとかなるけれど……」

しかしその口ぶりには東京に出て、自分の力を試してみたいとの響きがこもっていた。私には東大などに進む学力はないけれど、彼ら三人にはあったのだ。たぶんこのときの会話が、のちにNが東大を目指すきっかけになったのではないだろうか。

長じてからのことになるのだが、私がその確認をしたときに、Nは否定も肯定もしなかった。

あの薄暗い待合室の臭気とともにあった時代の空気は、竹沢にもMさんにも、そしてNにも新たな意気ごみを感じさせたのではなかったろうか。こういう環境から抜け出してみせるというバネが精神に組みこまれたのではなかったか、と、私はまったく異質のタイプに育っていっただけに、三人のそれぞれの人生が刺激しあう舞台に居合わせたことに思いを馳せるのである。

34

薄暗い札幌駅の待合室、会社員や労働者の汗と酒臭い吐息のなかで、僕以外の三人は、将来の進むべき道を話し合っていた。函館本線沿線の積雪地帯にさらに大雪が降ったというので、列車は二時間、三時間の遅れとなっていた。

この「札幌駅の一夕」で、竹沢やMさんは、自分らは東京に出られる状況じゃないから北大に進んで自分の好きな道を歩む、と確認したらしい。そしてすすむさんは二人の期待に沿って、東大に進むとの誓いを立てることにもなったようであった。すすむさんが東大に入学したと知ったとき、竹沢がわが事のように喜んでいたのを僕は覚えている。

すすむさんとその兄のMさん、そして僕の従兄弟の竹沢の三人とも、いわば成績のよい優等生のうちに入るタイプだったのだが、僕はそうではなかった。共通していたのは通学している学校に心を許せる者がいなかった点くらいだろう。家に帰っても近在の友だちはいるだろうけれど、深く交わっている親友はいない。それが越境通学者の宿命だった。僕はそういう環境に慣れていく分だけ、すすむさんやMさんに親しんでいくことになった。

彼らには兄貴分にたいする感情で接していた。もし僕がこの三人と同様に勉学に励み、相応の成績を上げて、大学も同様に旧帝大に進んでいたら、学生運動に入ったと思う。他の連中から説得されても学生運動に入るタイプではないことは自分がよく知っている。しかし、すすむさんに勧められたら、ビラ貼りから始めたことだろう。そうならなかったのは、ただ勉強しなかったからだと、後年、僕なりに納得したものだ。


お互いにもう七十歳を迎えようとするころ、私はNに、なぜ東大を目指したのか、と尋ねたことがあった。たぶんこれも酒場での止まり木に、二人で座っての会話であっただろう。あのときのことを覚えているか、と思っての問いであった。

Nは記憶していた。

「札幌駅の待合室で、ボソボソと……ほら竹沢さんなんかと話しあったことがあっただろう。覚えているかな。そのとき、東大に行きたくてもいけない人もいる、むろん学力ではなく、諸般の事情でさ、ならば僕は行ってやろう、と思ったわけだよ」

「覚えていますよ。三人とも秀才だから、頂点をきわめたかったんだね」

なんとも味気ない答えを返したものだが、Nもあの日のことを忘れてはいなかったのか、と私は少し嬉しかった。しかし、あのころの邪気のない表情は、いまはない。人生の出発時の記憶にたいして、いまや終着にさしかかろうという年齢だ。その間、五十年以上の時間が経っている。

なにしろ「僕とすすむさん」のころの話なのだ。ああ、過ぎ去りし日々の亡霊の話のようだ、と私は内心でつぶやいていた。

そんな感慨に耽っている私に、Nは酒場での喧騒を縫うように早口で説明を始めた。

「なぜ東大を目指したのか、というほんとうの理由をあまり言ってないけれど、学生運動をやろうと初めから決めていたんだ」

「そのために東大に行ったの？」

「そうさ。竹沢さんには叱られるだろうがね。ご存命ならね」

「たぶんね。相当叱ると思うよ」

竹沢は、北大の定年を迎えたら、他の大学に移って研究生活を続ける予定になっていた。しかし定年からまもなく血液のがんにかかり、第二の人生の前に亡くなった。彼の研究は門下生たちによって深められたと聞いている。

Nは、竹沢はこれまでの人生で会うことのなかった仲間である、と少年時代のエピソードを口にしては、「あの人の人生の楽しみはなんだったのだろうね」と尋ねてきた。クラシックを聴くのが趣味だったようだ、と私は彼の家に行ったときに見たレコードの山を語らなければならなかった。私もNもそちらには疎かったのだが。

「僕が最終的に東大に行こうと決めたのは、兄貴が北大の教養部時代に自治会の委員長をやれと唐牛健太郎から誘いがあったからなんだ」

それはNとの再会をはたしたころ、いちど聞いたことがある話であり、そのとき以来こちらからは触れずにきたことであった。

「僕が浪人して、厚別の自宅で受験勉強をしているときに、唐牛が自宅に訪ねてきてさ、委員長になれって説得していたんだ。たぶん兄貴はセクトなどに入っていないし、割に政党の色付きでもないからかつがれやすかったんだと思う。僕はさ、隣の部屋で聞いていたんだ。兄貴は、俺は弟妹がいるし、大学を出たら働いて家計を助けなければならん、学生運動はやっていられないとはねつけるんだ。委員長をやれ、やらないの応酬さ」

Nは、そのやりとりの一部始終を聞いていて、よし、それでは自分が東大に行って学生運動をやろう、と決意したと漏らすのだった。そうなんだよ、あのとき唐牛が来なければ、学生運動に走らなかったかもしれないよ、とNはいささかとぼけた口調になった。

「Nさん、けっきょく、お兄さんが委員長にならなかったから、唐牛さんが委員長になったんじゃないですか」

「そうなんだ。北大の教養の委員長だね、そして彼は共産主義者同盟《ブント》に呼ばれて全学連の委員長になっていったわけさ。僕も彼とは終生いろんなことがあったけれど、元はといえばそういう出会いだったんだよ」

私は、焼酎をあまり薄めないで、一息に飲んだ。

「なんだかいろいろ辻褄があってきましたよ。Nさん、じつは僕も唐牛さんとは接点があったんですよ。まったく誰も知らないかたちでの接点ですけれど」

「なんで、どこで彼と知りあったんだ」

Nが、自分が以前に話したこと、そして私の話をまるで覚えていないらしいことに、ちょっと驚いた。

私は興味のある小説や映画のシナリオ、さらには詩集などばかり読んでいる風変わりな中学生であった。高校に入っても自分のなかに閉じこもっていた。学校に顔を出しても友だちは少なく、二、三の友人を除いては、ほとんど会話も交わさない。嫌な授業には出ないときもある。受験勉強などもしない。要するに、自分を取り巻く環境がなにからなにまで嫌になっていた。

校内のクラブ活動などには参加しない。その代わり高校三年生になると、映画監督かシナリオライターになるんだと決めて、札幌シナリオ研究会に入ってそこの会員たちと映画談義をしたり、シナリオの書きかたを互いに学んだりしていた。誰もがチャンスがあれば、シナリオライターになりたい、映画監督になりたいなどと野心をもっていた。二十人くらいの会員は北大生が中心で、市役所職員、新聞社勤め、主婦などもいた。高校生は私一人であった。

そうした北大生の一人が唐牛であった。「おまえ、高校生だろう。勉強しなくていいのか。こんなところに顔を出すのは早すぎる」と忠告してきた人が唐牛だとは、あとになって知った。

研究会は喫茶店や北大生の下宿などで定期的に開かれていた。映画監督になるのにシナリオも学んでおきたいとの思いで唐牛はサークルに加わっているようであったが、あまり出席はしていなかった。学生運動に専念するんじゃないかと他の者たちは噂していた。

あるとき、唐牛は「俺しばらく、学生運動やるから。こんど教養の委員長になるからもう来られないや」と言って去っていった。それがNのいう時期と合致していた。

「彼は映画監督になりたかったんですよ。あのころは学生服に坊ちゃん刈りでね」

「あれ、慎太郎刈りでマンボズボンじゃなかったか？」

「そうでしたっけ」

「あいつはどこか絵画的なところがあったけどなあ」

私の記憶にNは首を捻った。

「そういえば、あの野郎はある奴の結婚式に出席したときに、そのころ漁師をしていたんだが、長靴姿で出席してね……」

首を捻ったのは私も同じであった。しかしそれは、どうして覚えていないのか、なぜいまになってこんな話をしはじめたのかという、Nの記憶と心理にたいしてだった。

35

Nの書くものやテレビなどでの発言に、ときに世間の常識に反するような内容が増えたのは、その自裁の十年ほど前からになろうか。むろんその印象は交流の濃淡によって異なっているのも当然である。

もともとシニカルな口調で話すのであったが、それが意図的であろうとは大方の者にはわかっていたのである。さらに私は、単にわかるだけでなく、その言葉に人生の総括のような意味合いがこもっているのを感じることもあった。そう感じたのはまったくゆえなしとはしない。

夫人の体調がすぐれず、Nもまたつききりで看病するという日々に変わっていた。なにかの集まりで時折顔を見せる夫人の表情も、すぐれているとはいえなかった。

地方に気休めに出かけるバス旅行。一時期のNはこういう遠出によって確かめられる友人たちとの絆や会話を喜ぶ風があった。思えば私はその旅行のすべてに参加したわけではないにしても、かなりの頻度で参加していた。そういうときに、あのなんとも鬱陶しい越境通学時代を思い出すと、暗雲が晴れるような気がした。われながらなんとも不思議で奇妙な心理であった。Nが高校時代の虞犯少年だった友人の話をもちだしたのも、似たような気持ちがあったのではないかと思う。

しかし、そのうち、夫人が予定していたけれど来られないということが重なった。そうした旅先でのNは、日ごろの饒舌さも軽妙洒脱の語り口もなく、心ここにあらずという風情であった。

北海道へおもむく機会も極端に減った。

「札幌には行かないの？　あちらの人たちも待っていると思うけど」

と尋ねると、Nは私も知っている共通の友人の名を挙げ、なんどか札幌でも講演をせよと言われるけれど、なかなか行ける状態ではないと呼気と吸気の間に言葉を挟むという調子で愚痴るのであった。

私もNも札幌で講演することがあり、それなりに待っていてくれる人たちがいた。私の話の内容が「穏健な市民派的言辞」といったものになるのにたいし、Nは遠慮のない保守派のレトリックをもちいる論者という趣であった。別に意識して演じているわけではなかったのだが、ごく自然にそういう役まわりが決まっていた。

「保阪くんとはそういうポジションのほうが際立つよ。北海道というのは僕と保阪くんとを足して、そして二で割るといいんだよ。北海道は僕らが子どものときから、革新勢力が強かったよね。東京の政治とはまったく逆だったよなあ」

「そうだよね。僕らが中学生のころは、道議会は社会党が圧倒的に強くて、東京の国会で野党の社会党が自民党提出の法案に牛歩戦術などで反対しているときに、道議会の自民党は野党であり、おんなじ戦術をとっていたじゃない。大笑いしたよね」

Nが少しずつ、己の過去に別れを告げようとしている……。そう私が感じたのは、もとより夫人の病に加え、N自身が病に侵されていると知ったからだろうか。

あるとき、Nが白い手袋をはめて日々を過ごしていると聞いた。

「どうしたの」と問う前に、「まいったよ。奇妙な病気に取り憑かれてしまった。指の先端がものに触れるとピリピリと痛いんだよ。しようがないから手袋をはめているんだけれどさ」と、向こうから言いだして、顔を顰めた。

病名も本人は口にしたのだが、他人にくわしく説明したところでどうにもなるものではないだろうし、私も深くは尋ねることはしなかった。しかし指先が事物に触れると激痛が走ると聞いて、私はその日常生活の難儀さを想像しておおいに同情した。私はそういう症状があまりにも日常生活を苦しめ、そのことでNの気持ちはしだいに萎えていくのではないかと不安になった。

私なりの素人判断ということになるのだが、Nは夫人の病に衝撃を受け、その治療をいわゆる化学療法から民間療法に変えていく過程で、近代西洋医学にたいする強い不信の念を抱いたようにも見えた。風呂の水をあまり換えずに薬草を入れ、そうしてがんと戦う姿を滑稽と思う人もあろうが、私にはむしろ崇高にさえ見えた。

私も六十代なかばで腎臓がんが発見され、右腎摘出の手術を受けている。その間の家人を巻きこんでの戦いが、いかに心理的に苦しかったかは忘れられない。Nにもそうした話をくりかえしたが、そんなときは黙したまま聞いたあとでこう言うのだった。

「がんとの戦いには人それぞれの人生観がかかっているということだよな」

Nの戦いはまさに「愛妻物語」だと、私には思えてならなかった。


Nは少しずつ、それとなく身辺を整理していたのだろうか。Nに好意的な助言をする仲間でさえ、私の見るかぎり一人、二人と遠ざけられていった。だいたいは同年代か、それより下のいわゆる団塊の世代になるのだろうが、私はその光景を見ていて、Nの心理の底にある不満やら不信に気がつき、ときに愕然とした。

Nの判断基準はたったひとつ。それは「自分の過去に予断をもっていない人物だけを残す」ということのように思われた。ある時期に入れ替わった交友関係はその「鉄則」に従っていたと具体的に指摘できる。それはみずからの人生の最終局面で積み残しがないようにとの思いからだったと私は確信している。

Nは過去の学生運動の話や、それにともなう思い出話をある程度までは会話として受け入れる。しかしそれこそ度の過ぎた会話になっていくと苛立ち、それ以上は深くなることを許さず、会話自体を成り立たせなくする。そこにきちんと一線を引いているのは、私にはよくわかった。学生運動の指導者として多くの学生に影響を与えたが、その責任は……といった訳知り顔の見解にはたいてい激昂して怒鳴り散らすことが多かった。

そういう態度はNが責任逃れをしているという意味ではむろんない。そんな見解や質問に身の細る思いがするほどやわな男ではない。そういう質問がいかにも政治的責任という衣をかぶって一人歩きしているのがたまらなく嫌だということなのであろう。私の見るところ、Nはあの体験が自分のなかの弱さや甘さとして露呈してくる、そういう心理状態が我慢ならないのであった。

私はどのようなこともNに話せたが、学生運動の話は、三十年以上が経って再会したころに二、三尋ねて以来、けっしてこちらからは話題にしなかったことは記したとおりだ。ただしNのほうからもちだしてきたときにはそのかぎりではない。あるとき、留置場あるいは拘置所で膝小僧を抱えてコンクリートの地面を見つめているときの心理状態を訥々と語ったことがあった。これもまた唐牛健太郎についての思い出話からの延長だったように思う。

唐牛が北大の教養の自治会委員長になったとき、北海道新聞の社会面に横一段の写真入りの記事が出たことを、私はいまも記憶している。ああ唐牛さんだと、高校生の私は呟いたのだった。

その程度の話だったのだが、そこからNは、もつれた糸玉を解きほぐすように、思い出話をはじめたのである。

獄中生活は私にとっては想像の世界だが、Nの言うところは、昭和の初めに思想犯で捕まった経験のある遠縁の者から聞かされた心理とほとんど同じだと理解できた。それは真に信用できる人物を見出すことのやっかいさである。そしてこれは私の印象であるという前提で書くのだが、Nは唐牛を心底から信用していた。


Nには、もう一度人生の組みなおしをしようと考えた節がある、私はNの自裁後もしばしば考えこむ。六十代後半から七十代にかけてのNの、それまでの環境や人間関係を変えてしまおうとの試みは、自己変革あるいは脱皮のつもりだったのかもしれないと。Nを思い出すたびに、齢《よわい》八十をすぎた私自身も組みなおしが必要だとの自覚にうながされる。

しかし、あえて言うのだが「自分の過去に予断をもっていない者」と「自分の過去に無知な者」との差は紙一重である。さらに言えば、心の安らぎを求めていたNは「底意《そこい》ある者」にたいして無防備だった。

私の周囲の編集者のあいだでもNと新しい交流を深める者と遠ざかる者とのあいだに渦が巻き起こっていた。これも私の印象になるのだが、Nは若くして才能のある研究者の何人かに目をかけていた。いずれも温和な性格だった。同時に巧言令色ともいうべき編集者と酒席を共にすることが多くなっているかのように思われた。

私の社会的体験はNの半分にも及ばないだろう。しかしNの心理のヒダに分け入ろうとすると き、想像の図柄は、あの昭和二十年代後半のどんよりと沈みこんだ札幌駅の空間に流れていくのだ。人は記憶の原点をもつと思うが、Nについても私は「すすむさんと僕」としてそれを共有している。記憶は刻まれ、分断されながらも残り、堆積していく。白石と厚別、どこの藩の入植者が拓いたのか定かには知らないが、私たちが内国植民地に流れてきた者の末裔であることには変わりないのだ。

私の妻が急死したのは平成二十五年（二〇一三）六月二十日であった。私にはなにがなんだかわからない数日間であった。

私はその三日ほど前から、朝早くに仕事場に行って原稿を書く予定であった。仕事場は自宅から車で五、六分のところにあり、書庫や仕事部屋、それに一部は娘が防音装置の部屋にして、ピアノ教室を開いていた。

朝五時に私は、妻の運転する車で仕事部屋に行き、すぐに原稿を書きはじめた。朝の執筆は頭の冴えている分だけ、原稿の進み具合もいい。つまり捗るのだ。一時間ほど経っていただろうか、玄関から妻の声がする。「水をもってきて」と叫んでいるようであった。板敷きに伏している。コップに水を入れて運ぶと妻は口に運んだが、動作は鈍く、やがて水も飲まなくなった。声をかけても返事がない。救急車を呼んだ。脳内出血の恐れがあり、緊急に手術が必要という。近くの消防署の構内にヘリコプターが来て、大学病院に運び手術がおこなわれた。娘たちも駆けつけた。医師の話では一回の「破裂」であれば、生命は保証されるだろうが、二回、三回であるなら死に至るだろうというのであった。手術室でのオペのあと、病室に向かう妻の表情が苦痛のせいか歪んだ。医師は慌ててまた手術室に戻った。

妻は助からなかった。

公にすることなく密葬で済まそうとしたのだが、そうもいかなかった。火葬場の都合なのか一週間も荼毘《だび》に付せないというので、ドライアイス詰めの妻は多くの人と自宅で別れを告げることができた。

葬儀の前日、Nから自筆のファクスが届いた。妻への悼みと私への励ましが切々と綴られている内容だった。

Nの心情が私の人生の支えの一角になっていることを、あらためて思い知った。妻を「友情の最もよき理解者」という字句で語っている。その部分に、私はなんども視線を止めていた。

すすむさんの声が聞こえた。

36

私は、妻に先立たれるなどとは露ほども思っていなかった。

私のほうが六歳ほど年長であり、まちがいなく自分の死が先であろうと思いこんでいた。長患いもせず、あっけないほど急に逝ってしまったから、心の準備などないのもあたりまえであった。Nはそのことを察していた。

　保阪くんの奥さんは、われわれの友情の源がどこにあるか、よく知っていた、いや理解していたよ。僕はそういう理解のできる人を信用するんだ。同時に奥さんは保阪くんの生きる姿を信頼していたね。だから彼女は僕の同志でもあることがわかった……。

　そんな意味の言葉が、ファクス機から吐き出された紙の上に丁寧に並んでいた。どの文字も沈んでいた。

「保阪くん、泣くな」ともあった。

　Nの文字は、やがて私には音声となって聞こえてきたのであった。いくぶん高めの激しい吃音、なにか体に巻きついてくるような響き、人の死にたいする臆病なほどの感性に彩られている声——。

　理解者であり、同志であるとはどういうことなのか。

「そうか、神官の娘か。僕も元坊主の息子だからわかるけれど、戦後はいじめられた口だよな」

　バス旅行の際、Nは私の妻にそんなことを慰めの口調で言ったらしい。

　戦後の学校教育で、旧軍人や神官の子弟は、天皇のために兵隊が命を捨てることを是とした者の子、死んだ者を英霊として祭り上げて賛美した者の子として憎まれ役を与えられた。教師から目の敵にされ、教室ではなにかといじめの対象になった。

このバスのなかでのことは私も記憶していた。ただ、それは「大衆なんてそんなもんですよ。なあ、保阪くん、そうだろう」と怒っているNの姿としてでしかなかった。なんと迂闊だったのだろう。

「あなたはそういう時代を耐えたはずだよ」とNに語りかけられ、そのたびにいくつもの思い出が浮かんできて涙ぐんでしまったと妻が言っていたこと、そしてNには信仰があるのではないかと言いだしたのを私は思い出した。おまえはそういう女性の伴侶、同志であり、自分もまたそうなのだ、とNは伝えようとしている。そのことを私はやっと理解した。

「保阪くん、泣くな」との文字を並べたNは、「泣くがいい、思い切り泣くがいい」と逆説でささやいていたのだ。自分の一部を喪ったのは悲しいことではなく、そういう感情を超えて、生きていくことの苦しさと戦うことなのだという意味が含まれていることを、私は感じ取っていた。

若者を死に誘う役割を果たしたという点では教師とて似たようなものではなかったか。あの越境通学の私たちに対してことあるごとに意地悪、嫌がらせをくりかえした教師たちを思い出せ。奥さんの受けた苦しみはそれと同じなんだ……。Nの声は私の心中にずっと響くことになった。

相前後して、私はテレビでNが発する放言のように聞こえる言葉を耳にし、雑誌の誘いに応じた極端な発言を目で追いながら、その心中には寒々とした風が吹いているのではないか、と思うこともあった。

「最近Nさんに会いますか？　お会いしたら、あまり激昂しないほうがいいと僕が言っていたと伝えてもらえませんか」

出版社の役員の経験もある知人が、電話をかけてきたこともあった。どこで激昂していたのか、と確かめるとやはりテレビの討論番組だという。左翼的ポーズで美辞麗句をならべ立てる評論家だか学者だかにNはムッときたらしく、いきなり怒声混じりの冷やかしで応じ、あまつさえ「薄っぺらな論の根拠などはもちだささないでくれ」というような言を吐いたというのであった。私はその番組は見ていなかったが、Nの激昂した口ぶりは容易に想像することができた。

むろん私にそのようなことを伝えるつもりはない。こちらから電話をしないというのが、Nとの交友を長続きさせる秘訣、もっとも巧みな技術だと知っているから、その知人の忠告もただ頷いていているだけでしかなかった。しかし、こうした電話が、かつてはNとは親しかったはずの仲間からかかかってくるたびに、Nの心のなかに走っているであろういくつかの断層に思いが行くのであった。

断層といえば、Nを囲むパーティーの挨拶で歌を披露したときのことだ。

これもすでに書いたのだが、あのとき私は、指名されて壇上に上がったものの、なんだかすぐには話すべき言葉が浮かんでこず、気がつけばある歌を三番まで歌っていたのだった。

正確なタイトルは忘れたが、友人を思う歌である。子どものころに遊んでた、学生時代につきあった……いろいろな友がいたけれど、みんないまはもういない、懐かしい古い友よといったような詞であった。私が大学生のときに、先輩がいつも鼻唄まじりに歌っていた。それで私もいつのまにか覚えてしまい、日ごろ仕事部屋でなにげなく小声で歌った。「これは誰が作ったんですか」との問いに、先輩は「旧制高校生のあいだで流行っていたらしいよ」と教えてくれた。

この先輩は私の属していた演劇研究会（劇研）の一員であったが、卒業後は俳優になった。やがて脚本家に転じてテレビドラマ「七人の刑事」などの脚本を書いてよく知られる作家にもなっていた。あるとき電話があり、いま、ある劇団の脚本を書いているんだが、登場人物にNのような学者を想定している。あの人は日々の会話もあんな感じなのか、と尋ねられた。そんな思い出も浮かんできた。

壇を降りると、Nが近づいてきて、「どうせなら軍歌を歌えばよかったのに」と、ささやいた。そういえばカラオケに連れられていき、軍歌をがなり立てたことがなんどかあった。軍歌なら、Nも私も次から次へと歌い終わることのないほど、よく知っていたのである。

ビールで喉を潤していると見知らぬ人物が近づいてきた。

「Nとは大学時代の友人です」と言った後に、あわててこう付け足した。

「いや学生運動のほうではありません。私は体制側ですから」

そして、彼は純朴な新入生だったんですけどね、などと言いながら、「あなたがいま歌った歌は、私たちもよく歌うんです」と言い出し、まさかNのパーティーでこの歌を聞くとは思わなかった、と急に饒舌になった。今回初めて出席したんですが、Nの友人といえば政治色の強い連中と思っていたのに、この歌を聞くとは思わなかったとくりかえした。

私は苦笑いを返す以外になかった。

聞けば彼は、日本の基幹産業と称される会社に入り、定年まで勤め上げたらしい。いわば高度経済成長を支えた企業戦士である。いまはOB会などで仲間と談笑するのが楽しみだと言う。そしてこの歌で会はお開きとなるのだそうだ。そんな歌をあなたはなぜ知っているのか、Nにもそういう政治と切りはなした友人関係があるのか、と首を捻りながらの問いであった。彼はNとの関係について、私からさかんに聞き出そうとしてきた。

Nの友人で学生運動にかかわらず、そして特別に社会で名をなそうとするわけでもなく、ごく平凡に生きた者を見るのは初めてだった。しかも会話まで交わした。ごくふつうの人生を過ごした同級生がパーティーに招かれ、出席していることに、私は驚いた。

この会合には、そういう人びとがたしかに何人かは出席していた。というのは、ほかにも二、三人が私に近づいてきて、「いやあ、懐かしい歌をこういう場で聞くとは思わなかったですよ」と表情をやわらげて、私に妙な親しさを示してくるからであった。

そのうちのひとりは、ある鉄鋼関連の会社で自分は働きつづけて、役員を務めて引退した身だと告げた。とくにNと深く交わったわけではないんですが、東大に入学してすぐに語学の授業で席を並べたんです。それだけの関係でしたが、友人としてのつきあいは続いたんです、と言うのであった。

その人物は誰にも聞かれまいとでもいわぬばかりに、いちだんと近づいてきて話しかけてくる。まさに心中を漏らすという表現がふさわしかった。

「彼は少々吃音で、はにかみ屋のところがあって、僕らふつうの学生と変わりなかったのが、あれよあれよというまに学生運動に入ってしまいましたよね。僕らとつきあっていればどこかの新聞社にでも入って、論説委員になるか、初めから研究者の道に進んだはずなんですがね」

彼らのようにたぶん学生時代はノンポリかせいぜいシンパであった同級生には、Nが純朴な新入生からあっというまに学生運動の指導者になっていったことが、およそ理解の外だったのであろう。

Nは学生運動の世界に飛びこまなければ、その後をエリートサラリーマンとして生きてもまったくおかしくなかったのだ。むしろそのほうが自然だったのかもしれない。私は高いところ、金屏風の前で歌うという、まったく偶然かつ突飛な行動によって、そのことにようやく気がつかされたのであった。

あのパーティーは、Nが東大教授の職を離れて、十五年ほど経っていたときだから、二〇〇〇年代はじめになる。そのときNの友人関係のなかにはこうしたグループがたしかに含まれていた。しかし、だんだん彼らは消えていく。集まりに出席するのは作家や編集者、そしてNの作品や発言に興味を持つ読者などへと変わっていった。

そうだったのか、と私は頷いた。奇妙な言いかたをするならば、Nは友人関係などを入れ替えることを、たぶん意識して続けていたのではなかったか。むろんこれは私の独りよがりの推測かもしれないのだが、Nはそれまでの人間関係を壊すという挙に出て、みずからの人生を一変させようと決めたのだと思う。

　そういう人生の姿勢が、Nの生きる型になっていったのだ。

37

　私にまわってくる仕事が急に増えていったのはいつのころからであったろうか。「戦後」が五十年を迎えたあたりだったような気がする。

　少なくとも戦後の日本社会においては、誰かがそれぞれの分野を差配するような中心に立ち、その人物を軸に思想あるいは感性が形成され、時代観ひいては歴史観の見取り図が描かれてきた。是非は別にしてそれに基づく序列のようなもの、言論、表現における主流や非主流といった感覚が生まれ、多くはメディアによるそのような序列によって論者も位置づけられてきた。もちろんそれが盤石というわけではない。なによりも時の流れ、はっきり言ってしまえば書き手や送り手の世代交代によって舞台はまたひと回りしてゆく。

　Nはその点では敏感であった。もともとNは左派に傾きがちな国内世論に水を差すという役をみずからに課していた。テレビや活字メディアでもそういう論を数多く見聞きしていたが、だからといってそれが心底からの彼の本意だとは、私には思われなかった。むろん私は、Nの社会事象への関心のもちかたやそのために用いる論理上の語彙にはさほどなじめなかった。しかし二人の会話にはルールのようなものができあがり、お互いに興味のない分野の話はしない、知識比べのような会話を際限なく続けないというのも、いつのまにかできた約束のようなものであった。

私の妻が亡くなったのは平成二十五年（二〇一三）の六月であった。奥さんの葬式のときは地方の講演の日に当たっていてすまなかった、とNは言って、その埋め合わせのつもりであろうか、ある夜、杯を傾けた。

このときの会話はあとで考えても奇妙な内容だったなあと呟きたくなる。みずからの周辺にいる保守を気取っている人物には信頼を置いてないと語るのだが、それでも二、三人の名を挙げて彼らは信頼できる、と言う。それ以外は左翼の空っぽの奴らと同じようなもんだと突き放す。

そして男が伴侶をもつとはどういうことか、に話題を転じさせた。そういう話を感傷風にもちだすNの心中には、奥さんの病がさほど好転していないことも関係していたのであろう。

新宿のビルの地下のバーで嗜む酒だったが、Nのところに来て挨拶する人たちに私の知っているかつてのメンバーはいない。取り巻きの顔ぶれもまったく変わっている。

時代が一回転しているかのような思いを、私は抱いた。もはや自分たちの世代には、夜の街へ繰り出す元気に欠けていることがみごとに裏づけられていた。バーの喧騒に煩わしさを感じるのか、Nもときに渋い表情になった。老いが私たちの表情や会話の端々に滲み出してきて、それが欠伸《あくび》の数になっていることを知らねばならなかった。もはや私たちも喜寿目前だったのである。

そのすぐ後、どういった名目であったかは忘れてしまったのだが、Nを励ます会があった。この日も新宿五丁目のビルのなかにある居酒屋のような場所だったと思う。あらためてNの姿を確かめたかったこともあり、時間どおりに駆けつけた。

おそらくNからすれば励まされるというより、保守陣営のトップランナーとしての地位を次世代のものに譲ろうとの思いがあったのではなかったか。

やはり驚いたのは、会場の空気であった。なんだか水槽に入っているようだと言えばいいだろうか。なにか違うな、と妙な感じがした。

二十代や三十代も多く、全体に会場が若返っている。それはいいのだが、地に足のついていない浮遊感が漂っているのであった。社会でなにか一つのことを成し遂げた人たちの醸し出す落着いた空気とはかけ離れていた。私は手にワイングラスを包みこむようにして、会場の隅で場違いの空気と一線を引いていた。

かろうじて見つけた大手出版社のノンフィクション担当編集者が、苦笑いを浮かべて近づいてきた。

「ああ、やっと知り合いに会えました。知らない人ばかりで、来るんじゃなかったと思っていたんですよ」

なにやら若い人向けの音楽が、ときに場内を揺るがすのに驚きながら、私たちはぼんやりと立ちすくんでいた。

「この会の案内状は来たんですか?」

編集者の問いに頷くと、

「僕はもらってないんですけれど、ちょっとNさんに用事があったから顔を出してみたんです。

もう案内は来ないんですね、僕らには」と彼は言い、知り合いの編集者の名を何人か挙げて、みなこの場にいないことを確認した。

Nが私に案内状をよこしたのは、幼馴染みの誼《よし》みというべきであったのだろうか。

司会者の場慣れした挨拶を機に、二、三の取り巻きのような者がNの言論活動について、いささか歯の浮くような追従を並べながら語るのを聞き、知り合いの編集者も、「適当なところで出ましょうよ」とささやいた。

Nが会場をゆっくりと歩いて、参加者と言葉を交わしていく。頼みごとをされないなら、会場を後にしようと決めた。


Nは私の姿を認めるといつもの笑顔で近づいてきた。指の末梢神経の病ということで嵌めているという白い手袋が、歩みに合わせてゆらゆらと揺れていた。

「奥さんのいない生活、誰が支えているの？　食事なんか大丈夫なんだろうね」と私を案じてくれたが、Nさんこそ奥さんの病は、と尋ねると表情を曇らせた。

ほんとうは「きょうは挨拶してよ。なにを言ってもいいから……」という頼みごとが必ず来ると自分は思っていたのだ。スピーチといえばだいたいがNとの北海道の中学時代についてであり、そしてNの原点はあの時代にあるように思うという展開になる。きょうもそうなるかな、でもこの空気は違うなあと考えていたのだ。

ところが、Nとの会話はそれほど長く続かず、案に相違して挨拶の頼みはなかった。少しほっとした。しかし同時にNは私を含めてまったく新しい人間関係の世界を構築しようとしていることがわかった。会場を去るときに、Nとはもうこれまでのような関係は保てないのだろうな、と私は薄々と感じた。このときから四年ほどのちに、Nは自裁するのであったが、その間、私は会うことはなかった。電話で話したことが二、三回あっただけである。

夫人が亡くなった、との報は、Nの肉親からの電話で知った。私の妻が逝ってから九ヵ月後のことである。がんとの戦いの果てであったが、葬儀に出席するより、Nと同じように励ましの一文をファクスで送ることを私は選んだ。

妻がNと会話を交わしたように、私もバス旅行の折にN夫人に尋ねたことがあった。

「奥さまの中学時代の同級生が、私の友人にいるのですが、奥さまはほんとうに本を読むのが好きだったようですね。あなたが読書する姿を、クラスの人はよく覚えていますよ」

札幌市内の住宅街にある病院の娘でもあったから、なにかと注目されたのだろう、清楚な女性というイメージは、同級生のなかに定着していた。

夫人は苦笑いを浮かべて、こう言った。

「だって本を読んでいるときがいちばん心が休まるタイプだったのよね」

Nと結婚したことは、中学、高校の彼女を知る人たちを驚かせた。しかも学生運動の結果、牢獄に入っているNを支える役を、十代の終わりから担っていた芯の強さに、周囲はみな畏敬の念を持っていた。

慰めの一文は、表現に気を遣い、考え考えこんな意味のことを記した。

これまであえて触れることはなかったが、Nさんは夫人に支えられていた。人生を共有している姿を見させていただいたが、それはきわめて日本的風景でありながら、互いを尊重する、ある約束事ができあがっているようで、北海道の開拓を支えた初期の屯田兵の一族のような感情があったように私は思う。私たちはつまるところ雪害や旱魃と戦いながら、一族を絶やさずに繋いでいこうとした人びとの子孫なのだ……。

それに続けて、これからは自身の健康に注意してほしい、そのためには日常の時間を自分で差配することに慣れることでは、と助言した。なんの躊躇いもなく、ごく自然に筆が進んでの一文となった。

たいていの人は、スケジュールなどを自分で管理しているつもりでいても、ふと思い立って手帳などで確認してみればなんのことはない、他人の思惑によって時間を支配されている。そう気がつくと不意に人生のすべてが虚しくなることがある。N夫人は賢明な人で、夫の時間が他者に振りまわされぬよう常に警戒していたと思う。その支えを失ったNが倒れてしまうことを私は案じた。

しかしNへのほんとうの気持ちがそこに宿っているかといえば、必ずしもそうではなかった。なんの躊躇いもなく筆が進んだということは、世間体を意識した、なかば紋切型の文章に逃げこんだことを意味する。ファクスを送信した後に、こういう世馴れた一文では、私がNに抱いてきたほんとうの心情、少年時代のあの畏敬はあらわせないのだと気がついた。そこで日を置いて、ファクスで原稿用紙にもう一文を書いて送ることにした。

あの越境通学の日々で、私の心情が中学三年生、高校時代にどう変化したかを、初めて正直にNに伝えたのである。

38

すすむさんが高校生となり、僕は中学三年となると、生活時間が異なるし、すすむさんはやがて市内に引っ越していったので、僕は一人で越境通学を続けなければならなかった。

その一年は僕にとって、単に孤独というのではなく、ふりかえってみれば地獄のような日々だったと言っていいかもしれなかった。札幌駅の待合室で、一人ぼんやりと帰りの汽車を待つ身をもてあましつつ、僕は心中でひたすら憤怒の感情に耐えていた。

学校では、ますます寂寥感に襲われた。この中学にもいじめのような構図があり、越境通学している僕なども その対象になりかけた。そういうとき、僕はけっして我慢をしなかった。いじめに類する悪口雑言には必ず応酬した。

いじめというのは、本物のワルは前面に出てはこず、子分のような仲間を煽りたてて、たとえば僕のような孤独なタイプをなにかと挑発してくることがわかった。すすむさんと通学をともにしているなら、「そんな連中は放っとけ」といろいろ助言をしてくれたのだろうが、僕にはもはやそういう友だちもなく、一人でイライラしているだけであった。

そんなとき、僕はすすむさんの言葉を思い出すことにした。おおかた教師か周辺の大人の会話から耳に入れて、すぐに僕に教えてくれたのだろうが、それは皮肉や諧謔、ときには風刺といった枠のなかに入る類であっただろう。

「大人になると、ほんとうのことを口にしてはいけないんだぞ。保阪、わかるか」

「ほんとうのことを口にすれば、憲兵みたいな連中に捕まるんだ」

「お母さんにはさ、それでも大人に嘘をついてはいけない、と言われるけれどね」

十年近く前の戦争のころ、厚別には兵隊が駐屯していた。彼らは、もうどうしようもない、この戦争は負けだとよく話していたそうだ。それを聞いたすすむさんは、同じことを子ども言葉で語って、大人の反応を試してみたというのであった。

なぜ教師という大人はディズニーなどの教育映画を子どもに見せるのかという話は、それこそなんども聞かされた。弱肉強食という動物界の掟がそのまま資本主義の仕組みにつながるのだと、僕は信じてしまい、周辺の大人とあれこれ混乱状態を起こすこともあった。

「そんな話、誰が言っているの。偏った考えよ」

と母は僕を叱る。でも僕はすすむさんが正しいと信じていた。

家では、父親との関係がうまくいっていなかった。このころの父親は道内の炭鉱地区の高校に赴任していたのだが、土曜日に札幌の自宅に帰ってきて、日曜日の夜にまた職場に戻るといった二重生活であった。

思春期になれば、相応の自己主張もするようになる。僕は父親の人生観や学問観が気に入らなかった。「すべての学問は数学の論理のなかにある」という数学教師らしい考えなど、とうてい許せなかった。息子に拘束の枠をはめ、自由に動くのを拒むような忠告然とした態度には、心底から反発した。僕はよく食ってかかった。数学よりは文学や歴史がいかにおもしろいか、という持論を口にして、言い合いになったりした。中学三年の僕は、まさに野良犬のような感情で動いていた。

越境通学で僕が心理的に疲れはてていることを、担任教師はよく見ていたらしい。(札幌)南高校に入って汽車と電車で通うのもいいけれど、自宅のある学区の(札幌)東高校に進む、そういう選択をしたほうが心理的には安定するのでは、と母親に勧めたらしい。そのうえで、息子さんは五教科八科目を合わせて百点満点とする北海道の高校入試で、大体は八十五点を取っているから希望高校にはどこでも入れると告げたという。「どうする?」という母親の声に、僕は、従兄弟の竹沢暢恒のように東高校に行くと答えた。

高校に入った僕は、まったく勉強をしなかった。よく学校を休み、友人も二、三人であった。かわりに本を読み、脚本家になりたいとシナリオや脚本を書いては札幌市内のそういう勉強会に顔を出し、唐牛健太郎さんと顔見知りになりはしたものの、学校でも家庭でも、まったくの孤独の殻のなかに閉じこもっていた。しだいになにもかもがイヤになる状況で、ぼんやりとした日常生活のなかで喘ぎつつの呼吸をしていた。

39

老境の私が初めてNに打ち明けたのは、あの少年時代の心理的な葛藤の日々の辛さであった。思えば生意気な、独りよがりの少年期特有の症状だったかもしれない。むろんそのすべてが、Nとの交友関係によって生じたわけではなかったが、心を許せる相手がNしかいない環境だったから、その影響を受けていたことは間違いない。

また、同時に伝えたかったのは、そのころに友人として影響を受けたことが、その後の人生の支えになっているということであった。「すすむさんとの会話で、僕は大人の目をもち、大人の所作を学んだ」という意味の内容を、要領よく原稿用紙にまとめて書いてファクスで流した。こうした心情の吐露のなかに、私はNへの友情の一端を示そうと考えたのであった。

しかし、この二通目のファクスでも、私には書けないことがあった。逡巡し、ためらい、そしてけっきょくは文字にしなかったのだ。

高校三年の夏休みに、私は人生になんの期待もなく、日々の緩慢な時間がなんとも鬱陶しいといった心理状態になった。生きたいという本能に抗することは知性や理性の勝利だと考えた。どのみち太宰治《だざいおさむ》や芥川龍之介、さらには田中英光《たなかひでみつ》あたりを読みつつ、ショウペンハウエルなどに目を通し、高校生なりに独自の死生観を見つけたのであっただろう。

昭和三十二年（一九五七）とか三十三年のころになるのだが、当時自殺といえば睡眠薬の大量服用による死が一般的であった。睡眠薬はアドルムといったように記憶しているが、六粒入りの小箱（アルミニウム製だったと思う）を密かに買い集め大量服用するのであった。

高校生ならば、購入するときに身分証明書を示すことが義務づけられていたが、私はこっそり薬局をまわって、とにかく二箱ほど手に入れた。それを机の引き出しに入れておいたが、母親に見つかり没収されて、激しく叱責された。そのことを詳しく書こうとは思わないが、母親が、あなたがこういう行為に走るのは誰々の影響なのね、と親戚を含めて三人の名を口にした。むろんNの名が含まれていた。息子の精神形成にこの三人が影響を与えていることを、母親は見抜いていたのであった——。

私の流したファクスについて、Nは特別に返事をよこしてはこなかった。だがその後、電話での近況報告の際に、「女房の亡くなったときはファクスをありがとう。まあいずれ、あれこれ話そうよ」とNは呟くように漏らした。声が掠れたように聞こえたので、たぶん講演か、テレビ出演かでの一日をすごした夜の電話であった。

電話はともかく、晩年のNと会うことはなくなっていた。それは私だけではない。Nの単行本を出した書籍編集者、雑誌編集者としてNを重用した者たち、自分たちに近い世代の作家、評論家などとも面談をする機会はほとんどなくなっていたはずである。

かわってNは三十代、四十代の編集者との仕事を意図的にであろうが、こなすようになった。

あるいは思想性をはっきりと打ち出しているようなタイプの評論家や作家などとの交流の輪を広げるようにもなっていった。

くりかえすことになるのだが、Nは自分の人生に思うところがあり、友人関係を含めて切り替える、リセットする心理になったのであろう。とくに夫人が亡くなってからその切り替えを進めていったのは、後進にみずからの道を託するという思惑もあったのかもしれない。Nは二つの道筋を、同じ志の仲間に静かに譲っていきたいのだな……そう考えるとにわかに得心がいった。それをあえて二つの単語で語るならば「互譲」と「門弟」という語になるだろうか。Nの心理のうちにこの二つの語が回転しているように、私には思われた。

ある版元の私の担当編集者が、こんどNの本作りも担当することになったと告げてきた。まだ四十代に入ったばかりである。その後、彼がときに私とNとのメッセンジャーの役割を果たすことにもなるのだが、私にこんなことを言った。

「Nさんは、世間の噂とは違いますね。まったく違うんです。すぐに激昂するとか、あまり学生時代の運動のことは話すな、とかいろいろ先輩から言われていたので怖かったんです。でもそんなことはない。僕らには、ご苦労さん、迷惑かけるけれどよろしくな、とやさしく話すんです。いつも笑顔ですよ」

屈託なく言うのだ。一人の異形の思想家として、心底からNに畏敬の念をもっていることがわかった。

「そうか、それはよかった。保阪が、よろしくと言っていたとでも伝えてよ」

「いやあ、保阪さんも担当しているんです、と最初に言いましたよ。そうすると、〃なら、まんざら知らぬ仲じゃないんだな、僕とは〃と言っていました。いっしょに食事をしたことがあったときには、〃僕は厚別、彼は白石〃と札幌時代の思い出話をしてくれましたよ」

話をしてくれた彼は、私が物書きとして出発してから十五年ほどのちに書いた父親との葛藤記とも言うべき『父の履歴書』という単行本を読んでいた。大学生のころだったそうだ。そして「海を渡って内地に向かう少年には、単に冒険心以上の心構えが必要であった。それは先達の思いを背負って戦いの場に出ていく覚悟と言うべきものであった。保阪も私も何がしかの志を持って津軽海峡を渡ったのである」といった内容の、Nによる書評の表現を知っていた。この編集者の父君は、私やNと同年代で北海道出身なのだという。親世代の心理を知ろうと考えて私の著作を手に取り、青年期の葛藤に興味をもったそうだ。

「Nさんにそのことを話したら、喜んでくれました。父親も札幌出身なんですが、琴似《ことに》のほうだったんです」

Nの喜びの表情が想像できた。彼の目には、Nはまさしく好々爺然とした、話しやすい老知識人としか映らなかったのであろう。生まれが昭和五十年代の初めというのだから、Nへの先入観などまったくない世代であった。いっぽうNの目に彼は、純白の世代と映っていたのではないだろうか。そういえばNは、あるときから若い世代の無作法に目をつぶることも多かった。不勉強のくせにいっぱしの口をきく者には容赦がなかったが。

単行本の執筆を引き受けたので、この編集者とはしばしば会う機会があり、そのたびにNに依頼している単行本の進み具合を聞かされたものだ。

そのうち気になる話が出た。ある日なにげなく尋ねられた。

「保阪さんは、Nさんからピストルを入手できるルートを知らないか、と聞かれたことはありませんか」

なんだ、彼にまでそんなことを言っているのか、と私は呆れた。

「Nさんがそんなことを口にしているの？」

「はい」

「そういえば酒場での与太話でそんなことを言っていたことがあったな。なにするの、と問い返したら、死ぬ準備だとさ」

「そうですか」

その後、別の編集者からも似たようなことを聞かされた。Nが死についてじつに気軽に口にしているらしいとの噂がひっきりなしに入ってくるようになり、やはり夫人に死なれてすっかり気落ちしてしまったのか、と私は不安になった。

Nが東京の地元テレビと言っていい局の番組で哲学や思想を語ったり、ときには久しぶりに聴いたラジオでゆっくりと討論術について述べたりするのを聞きながら、Nの器用さにあらためて感心しつつ、私は、その言葉にこの世への別れを告げるなんらかの一節があるのではないかと気を配ってみた。

しかしそうした感じはしない。むしろ戦いの一線を退いて、いまは心身ともにゆったりと過ごすのが自分にふさわしいとの考えも口にしていることがわかった。

Nによる人間関係のリセットにより、私にはNが死への跳躍のために作り上げようとしている心理的状態の、いわば外皮の部分は見当がつくにしても、その内側で複雑にくりかえされているであろう自問自答の響きはまったく聞こえようがなく、想像で案じるだけだった。

Nが電話をかけてきた。

「その後、札幌に行く機会もないいんだけれど、保阪君はよく行っているの?」

「私もあまり行ってないんですよ。Dさんに頼まれて講演に行くことはあるんですが」

Dというのは共通の友人で、かつては学生運動の闘士、社会に出てからは父親の事業を継ぎながら、民族運動に肩入れするといった経歴の持ち主だった。私はその言辞に骨があるのが好きであった。Nもそのようであった。

「彼は元気かい」

と、急に北海道弁のアクセントになる。北海道に行きたい、『発言者』の仲間たちを励ましたいなあなどと言う。

しかしNがそんなことで電話してくるわけもない。私も知っているある老編集者の名を挙げ、どんな人物かと問うのであった。要はホンネで話せる人物なのか、それとも信用ならぬ面があるのかを知りたかったのである。私が、なるべくホンネは言わないようにしたほうがいい、と答えると、じゃあ心のなかでおまえさんは何者だい、とでも言っておくか、と笑った。

このときはピストルの入手の方法を知らないか、などの物騒なことを言う口ぶりではなかった。「なんのために必要なの?」「死ぬ準備だよ」という類の会話は、もう私にはしないようにしているのだとわかった。選別を進めているんだな、心のうちに「もう死んでもいい」との気持ちが固まっていて、そういう会話の相手を求めているんだな、と私はおぼろげに感じた。心のなかは強い吹雪であったのだろうか。

Nとは三十余年ぶりに再会した後に、お互いに著作を刊行するたびに贈呈してきた。と言っても当時の二人はそれほど単行本を上梓していたわけではない。Nからは『蜃気楼の中へ』というアメリカ、イギリスの大学での学究生活を綴った著作が手渡された。私はといえば、その直後に刊行していた『東條英機と天皇の時代(上下)』を贈った。

それからしばらくは著作のやりとりが続いた。しかしある時期からは二人とも次々に著作や対談集を刊行するために、もう本の送りっこはやめようよ、との言葉で贈本の関係はひとまず終わった。

『蜃気楼の中へ』を読んでいるうちに——読んだのはじつは再会してから相当の年数が経ってからだったのだが——、私はあることに気がついたのだ。

Nはこの本のなかで、アメリカでの友人たちとの比較的クールな関係について書いているのだが、たとえばある会話を紹介するときに、口ではこう答えたが、ほんとうはこう答えたかったのだ、という具合に話を進めていく。つまりタテマエで対話しながら、ホンネの言葉は胸にしまっている、あるいは心中の呟きは抑えておくという意味にもなった。

あの汽車のなか、中学生のときから、Nはつねに心に二つの会話を用意しながら生きてきたのだ。本人は周囲に遠慮したり、友人に心配りをしたりしつづけながらも、夫人や心を許した相手には飾りけなくすべてを見せ、みずからの心中をぶつけることでバランスをとっていた。東大教授を辞めて、自由業の世界に飛びこんでますますその傾向は強まったのではなかったか。私には合点がいった。

40

奇妙な贈りものであった。お互いに献本はしないという了解があったのに、Nから一冊の本が届いた。平成二十九年(二〇一七)の終わりごろである。

担当編集者は共通なのだから、彼にでも手渡しておけばいいのにと思った。いや出版社から「著者代送」というので贈ってくるのならわかるが、N自身の名でみずから封筒の宛名も書いて送ってきたことが気になった。妙な予感がはたらいた。

封を切ると『保守の遺言』というタイトルの新書であった。

前半部分のあるページが折られていた。なんだ、一度手にした本なのか、そういう本を送ってきたのか、と不快になったが、そういうことはN自身がもっとも嫌うはずだと気がつくと、そのページが気になった。

折り目はさりげなく右下にあった。このページを読んでくれという意味だなと、私は受け止めた。内容はおおむねこのようなものだった。

自分は自殺をするだろう、それは老いてゆく者の特権であろうが、しかし喜んで死んでいくわけではない。ただ、私たちは病んで現代医療の治療を受けるよりも死を受け入れるべき存在であろう。

主体的に死を選ぶのは、いまこの状態のときである、とも読める。

「そうか……」

折り目をつけたのがNだとするなら、このページを通じて私になにを訴えたいのか。電話をして確かめようと思わないではなかったが、Nの死生観はこれまでも聞いていたので、声を出してこのページを読み、ひとり頷いた。

Nの人生観というべきか、それとも死生観というべきか、私は日がな一日その新書を手にして、Nが死ぬと口走るのがほんとうなら、その日は近いのだろうと折り目をなんども元に戻し、また折り目をつけて考えこんだ。

年が明けて一月の半ばすぎであったのだが、昼に布団から起きて、さてと呟きながら顔を洗い、一日の日課を始めるときに、日ごろからつきあいのある編集者から電話があった。息せき切った声であった。この編集者もNとは近年はまったく交流が途切れていた。

「Nさんが自殺しましたよ。やっぱりですね。テレビでも流れています」

私はすぐにNと親交の深い編集者に確認の電話を入れた。彼はNの肉親にも電話を入れたのか、詳しく聞いていた。入水《じゅすい》自殺だという。

私はそれ以上知りたくなかった。そのあとは電話には出ないで、Nの行為は単なる自殺でなく、自裁、あるいは自罰というべきだと思うことにした。自分で自分の生きかたを納得させるための死であるはずだと。

遺作となった『保守の遺言』を読み返すと、死をみずからに引き寄せることの苦痛というより、むしろ喜悦があらわれているようで、私はなんども胸が詰まって言葉を失った。

「そうか、死んだか。七十九年をもって一期と定めたのか」

みずからの一生をみずから定めるのは、当然の権利だろう、というNの声が私の心底にこだましつつ消えていく。私はぼんやりとした時間のなかで、「すすむさん」の幻影を浮かび上がらせて、そして消していた。イギリスの作家チェスタトンの、人生で一人の女性、一人の友、一つの思い出、一冊の本を得ることはけっしてやさしいものではない、という言葉をもじって、「一人の女性、一人の友人、一本の酒、一冊の本、一編の poem を求める旅、それが人生だよな」と嘯《うそぶ》いていた姿に、あえて「一度の死」を加えたいと私は思うのだ。

表立ったNの葬儀はおこなわれなかったが、東京の代々木の火葬場で、別れを告げることができた。何人かの友人、編集者が集まってきた。

私は定刻よりも三十分ほど早く行って、亡骸に向き合った。あごひげのままで棺に横たわっているNは、安堵の表情に見えた。私は斎場の隅で、やがて荼毘に付されるNを見守るために立っていた。

思いがけない人物と視線が合い、会話を交わすことになった。あの六〇年安保の時の全学連の執行部の一人であった。取り止めのない会話のなかに、ともに時代を生きたのだと実感できた。私はNの心情に応えているのかと自問し、六十年近くも前のあの時代の空気がこの場に流れていることに、Nも喜んでいるであろうと慰めにした。

もしNがこの場で私たちの会話に加わるとしたら、なんと言うだろうか。

表向きはこうであろう。

「あれは若気の過ちさ。そうだろう?」

しかし次に声を潜めて、

「われわれは指導部にいたからあれこれ言われるけれど、保阪君は一般学生だったのだから、あの運動の歴史的意味を次の時代に伝えろよ」

と言うはずだ。僕の言葉の二重性をわかっているだろうと叱られかねないとも思った。

斎場の隅にいる私たちのところに近づいてきたのは、Nの兄のMさんであった。

ああそういえばもう六十年以上も会っていない。しかしその面差しは依然として柔らかく、そして人を包みこむようであった。外套を脱ぐなり、握手を求めてきて、私の顔を見るやその穏和な顔に涙が流れるのを隠そうとしなかった。私も涙が止まらなくなった。

「十三歳のときからの友だちだったんだからね……」

Mさんの言葉に、私のなかで耐えていたものが一気に爆発した。

私は人目も憚らず涙を流しつづけた。そして二人でふたたび棺に近づき、蓋を開けてもらい、その顔を見つめつづけた。いっしょに見ていると、表情は動き出しそうで、目を細めて口を尖らせて、吃音気味に話すあのころに戻ったように感じられた。私はMさんと札幌の、白石と厚別の思い出話を、Nに聞こえるように、なんどもくりかえすように話しつづけた。私はNが亡くなったとの報に接してから初めて、悲嘆という感情に触れた。

Nは飄然とこの世を去っていった。永劫の眠りに就いた。

Nが亡くなってから一ヵ月ほど後に、夢を見た。

越境通学していた僕らの電車にすすきのから、真駒内のキャンプに帰るGIが二人乗ってきた。満員電車のなかで僕は学帽を取り上げられ、からかわれた。あのとき、必死に鞄を抱えてGIに体当たりして抵抗してくれていたすすむさんの姿であった。

ああ、あれこそNの抵抗精神を行動に移す始まりだったのかもしれない。夢が私にそう教えてくれた。

現代社会の情報消耗サイクルは目まぐるしく回転し、さまざまな談話や意見がまるで台風のように慌ただしく私たちのあいだを通り抜けてゆく。Nの自裁死もそのサイクルに組みこまれて忘れられる。

むろんNに関心をもつ人たちは、それぞれの場で仲間と語らい、Nの人生に哀悼の気持ちを伝えあうだろう。私も五、六人の仲間とそういう語らいをもつことがあった。ただ、むしろひとりで私自身の記憶をいくつか呼び覚ましているうちに、あっと声を発する光景が浮かんでくるように思われた。

41

Nが多摩川の一角で入水自殺するまでの仔細を私は知りたくなどなかった。いやNに限らずおよそ死という厳粛な事実だけがあるのであって、その前後のようすに興味はないというべきであった。とはいうものの、Nと私を共通して担当してきた編集者から、あからさまに死の状況の説明を受けることもあった。

私はぼんやりと、聞くでもなく編集者と向かい合っていた。彼が語ることのほとんどは、片方の耳からもう片方の耳へと流れ出ていく気がした。だが、私の耳が堰《せ》き止めた部分があった。

入水する前に、体を太いロープで縛っていたというのだ。

「そのロープを岸の樹木に縛りつけていたそうなんですが、どうも遺体が多摩川から海に流れていって、わからずじまいになるのを恐れていたようです。Nさんらしい慎重さですよね」
まだ四十代の編集者は、感心したような口ぶりになった。私がロープの太さはどれくらいだったのかな、と呟くと、親指と人さし指でマルをつくりながら、そうとう太く、固めだったようです、と付け足した。

それまでぼんやりと聞いていた私のなかで、深夜になるのだろうか、Nが己の体にロープを巻きつける光景と、そのときの表情が不意に浮かんだ。それはNが、時折話した幼時体験の像と重なった。

厚別の原生林のなかで陣地構築に勤しんでいた兵隊たちが、八月十五日以降はぞろぞろと人家の側に出てきた。彼らも食べ物を探し、さてこれからどういうふうに生きていくべきか、を考えなければならなくなったのだろう。そういう兵隊たちの一団を覚えているんだ、とNが語ったことがあったのだ。

目的を失った兵隊の一人ひとりにどういう感情があったのかは六歳のNにはわからなかったろうが、しかし原生林の向こう側から村々に出てくるその姿は、子ども心に不思議な連中に思われたのだろう。

こういう皇軍兵士たちに代わって、それほどの日数を置かずしてGIがやってきた。それにまとわりつく女性も札幌の街のなかに闊歩しはじめる。

「パンパンガール」

「そうだ、そうだ。よく囃し立てたよな。それが共通の世代体験だな」

といった会話を、新宿のNの行きつけの飲み屋で交わしたものだ。

なぜかパンパンガールは白いワンピースを着ていて、雨の日は赤いレインシューズを履いていて、見たこともない色模様の傘をさしていて……。

「どうしてああいう服装だったんだろう」と私たちは首を捻ったものだ。

「男どもは武器弾薬の類は全部取り上げられたよな。ナイフだって取り上げられかねない時代だったんだ。そんなときにも女たちは強かった」

「ええ。そこでNさん、かろうじて武器になったのがなにか知っていますか」

「知っているよ。ロープだろう」

小学生のときに、街で不良青年が喧嘩をしている姿を見た。太いロープの先を丸く固めて殴る。なかには分銅のように石を取り付けたりしていたのもあったのではなかったか。

ロープと聞いて、あのときの会話を思い出し、Nの心中に漂っている虚無を私は実感した。漆黒のなかでただ一点を見つめつつ、Nは不自由な手で体を縛りつける作業に没頭しつづけたのだろうか……。


Nの自裁死は「事件」となったようであった。むろん詳しい経緯など私は知らない。警察関係者が、Nの友人や編集者を片っ端から訪ね歩いて、その死の状況を調べているとの噂が流れた。

実際に二ヵ月ほど後だっただろうか。私の仕事部屋にも二人の刑事が訪ねてきた。三十代と四十代と思しき年齢である。名刺を見て、殺人担当とあることに驚いた。

「Nさんの死は事件ではないか。つまり私たちは、Nさんが口に含んでいた青酸カリの出どころをはっきりさせなければ、この事件は解決しないというふうに考えています」

とのことで、一時間ほどいろいろ意見を求められた。

訊かれたことは知るかぎり話す以外にない。青酸カリをどこから入手したかわからないか、というのだが、むろん知る由もない。そこで、Nとはどういうつきあいだったのか、となったのだが、「中学時代に越境通学していて、そのときの友人だ」と私は答えた。Nはどういう人なのかとの質問に、私は交流をスケッチ風に語ることしかできなかった。

「これまでいろいろな人に話を聞いてきましたけれど、少年時代の話は初めて知りました」

そう言って二人は帰っていった。


Nの死にどういう事件性があるのか、私にはわからないし、関心もない。ただNがみずから選んだ死という個の領域にまで国家権力が入ってくることに、苦い違和感がこみあげてきた。Nはいったいどんなつもりで、みずからの死の後を想定していたのであろうか。

警察が私のところにも来たよ、と告げたら困惑するだろうか。いや、さして驚きもしないか。やはり苦笑しながら、目を細めつつ、口を尖らせるNの表情が、私の脳裡には浮かんでくる。たぶんその口をついて出るのは、こうだ。

「なすべきこともなく、その意欲もないとなれば残されたのは自裁死だよ。それでも生きるというのはニヒリズムだよな」

かつて三島由紀夫の死から三十年後の一文に書いた一節だったように思う。こうした言葉は、あのすすむさんの時代から抱えこんでいた思いであり、心中に張った皮膜ではなかったか、と私は考えこむのである。

42

Nが亡くなる五年ほど前になるだろうか、札幌でともに講演会に出席したことがあった。終わってから地元の友人たちにNと私が招待されるかたちで、十数人の会食の席に着いたときはお互いに疲れきっていた。

七十代なかばにさしかかろうというころである。当然ながら面倒な会話より、単純な思い出話が座談の軸になった。たまたま私たちと同年齢の者がいたこともあって、四十年前、五十年前の札幌の風情に話が進んだ。

二十代、三十代、いや四十代の者でも、札幌が田舎の時代など想像もできないようで、神妙に耳を傾けていたのが私の印象に残っているほどである。

札幌の街にはむろん地下鉄など走っておらず、南北、東西に走る市電が中心の時代であり、その軸になるのは「三越前」「西4丁目」という停留所だった。市内を縦横に貫く電車のいずれもがこの電停を通ったんだ、などと私は座を盛りあげた。１番は一条橋と円山公園を往復している路線、2番は、3番は始発と終点を諳《そら》んじられる。たしか22番は北24条から南北を貫いていて、学芸大学前を終点としていたはずで、学芸大学とはいまの北海道教育大のことだなどと話しているうちに、Nはその三つ手前が南21条で、「柏中学前」の電停があったんだよな、などと会話に口を挟んできた。

ああ、僕とすすむさんの時代に戻っていく。お互いの老いの顔が潑剌としてくる光景であった。札幌での楽しみとはこういうことを指すのだ、と実感できた。

むろん会話がここまで進むと、しょせんは座の一角で老人たちが札幌今昔物語を懐かしがっているに過ぎず、会話は四、五人が輪になってという図にと変わっていったのだが。

このころの私は、札幌に来て時間があれば、街のなかをゆったりと一人で歩くのが密かなよろこびであった。疲れれば大通公園のベンチに座り、ぼんやりと道ゆく人たちを見ているのが楽しかったのである。戦時下の幼年期を思いだし、自分が生まれ故郷にいることが実感できるからだった。

そして四丁目交差点の一角に立って目を閉じるや、中学生のころに見た風景がすぐに浮かんでくる。どういう建物があったか、記憶は綺麗に整理されていた。目を瞑るとそれらが浮上してきて、私はひとり雑踏のなかでその光景をスケッチ風に思い描いているのであった。

交差点の東南側には川中靴店があり、隣には富貴堂という市内でもっとも大きな書店があった。西南側には古めかしい三階建てであったろうか読売新聞のビルがあった。その隣には、「にしりん」という名の喫茶店が、その隣には維新堂という書店や古本屋の一誠堂があった。

東北側には三越があり、隣に丸善の入ったビルがあった。そこから東に進むと池内金物店があり、道路を越えていくと百貨店の丸井があった。西北側は日の出屋というお菓子屋、そしてレコード店と続いていた。四丁目の交差点を乗り降りしているうちに、こうした絵柄が私の記憶の額縁に収まっていったのであった。

目を開けると、ビルに囲まれた交差点はまるで大人に囲まれた子どものように小さく、そして老いて寂しい交差点に映る。片面を走る市電の音がかろうじて響き、この街の活気はむしろ大丸ができた駅前のほうに移ってしまったようにも思われた。

もはや遠い昔になるのだが、私にとって南21条の中学校を出て電車に乗り、札幌駅まで行くという日々のコースがいわば素直な帰宅の道筋であった。じつは札幌の中心であった四丁目の交差点で途中下車することは、学校帰りの十三、四歳の少年にとって冒険であり、真面目な日常が崩されてしまいそうで後ろめたかった。まさに勇気のいることだったのだ。

僕が初めて四丁目に降りたのは、すすむさんに誘われてのことだった。

「丸井のニュース映画を見ていくか」

アメリカや日本のニュース映画社が制作する週単位のニュースが上映されている。いまの言いかたでならテレビニュースをまとめて一挙に放映するようなものだ。入場料はおもしろいことに四円九十九銭であった。五円以上は税金がかかるからと言われていた。

その時々の日本のニュースに加え、アメリカのニュースも報じられる。いつもアメリカンフットボールが多いことと、アメリカの一般家庭の芝生のある家、あらゆる食べ物が詰まっている冷蔵庫などを見て、ここまで生活レベルが違うのかとため息をついて見ていた。

そのうちすすむさんに誘われなくても、僕は四丁目で降りることに慣れた。すすむさんとは別に、ひとりで丸井のニュース映画を見に行けるようになったのだ。ただし母親には言わなかった。四丁目で降りるのは不良になる始まり、と信じているように見えたからであった。

「目を開けるとまったく違う四丁目の風景があるんだよ。いつも、僕の札幌を返せって叫んでいるんだ。詮ないことだけどね」

ひとくさり話した内容の、留めの部分はこの言葉であった。

「僕の札幌か……。返せと言っても、こんな大都市になるなんて当時は思わなかっただろうしなあ」

と市役所で定年を迎えた私と同世代の仲間が言う。

「それよりNさんも保阪さんも札幌に帰ってきて住んだらどうですか」

たしかにそうだ。いまの時代、ファクスもパソコンもある。札幌に住んでいても文筆業などは仕事をしていける。私はかつて妻に札幌に居を移したいと話してみたことがあった。

「雪の生活はイヤよ」とにべもなく断られた体験があると伝えると、ひとりが、

「僕の札幌を返せ、じゃなくて、僕を札幌に帰せ、ということですね」

と冷やかした。座に笑いが起こり、話題は他に転じた。しかし私は、上手いことを言うなあとなんども呟いていた。

Nが、四丁目の交差点という発想はおもしろい、そうだ、あそこが原点だな、という意味のことをなんの計算もない言いかたで話しかけてきた。札幌の思い出になると、少なくとも私とは屈託のない表情になるのだなと思った。

「僕を札幌に帰せ、というのは、僕や唐牛健太郎なんかがいうべきだったんだろうな。東京での政治闘争からも逃げ出すように、なんども北海道に帰ったけどね」

Nの述懐が、私にはなんども思い出される。

とはいうものの、Nは北海道の精神の弱点、宿痾ともいうべきもの、つまりすぐに事態をあきらめてしまう淡白さや、ことあるごとに中央に依存する甘えには我慢がならないとも漏らしていた。Nの亡き後、札幌に来るたびにNの背反する心理のヒダを私は思い出して、幾分でもNの志を伝える役は果たしたいと考えてきた。

やはり厚別の原生林のなかからあらわれた兵隊たちを目撃したときのように、Nの志とは時代に生きる人たちへの連帯にあり、思いは千々に交錯するということなのであろうか。

43

老いるにしたがい、みずからの人生に対しての恥じらいや照れ、さらには屈折した感情が薄れ、代わって自己過信や肯定の感情が強くなる。自分に自信をもつといえばいささか格好がいいのだが、要は許容幅が狭くなってくるのであろう。

Nはそういう自分を隠そうとしなかった。隠さないどころか、逆にそういう態度を取ることによって自分の感情をコントロールしようとしていた。

私はもとより、Nがどういうときに感情を爆発させるかを予見できるようになった。そんな場合にいかなる態度をとればいいのか、それもまた予想できるようになった。

Nとの会話にはルールが必要で、それを守っているかぎりNはむしろわかりやすい性格だった。そのルールとはつまりは人生観でもあった。

むろん人生観は人それぞれさまざまであり、他人から強調されたり、強要されたりするものではない。ただ、Nは己としての人生観が見えない、窺えない人を極端に嫌った。私がNと三十余年ぶりに再会したとき、二人の人生観はそれぞれ定まっていた。それを互いに認めるか否かが大切であり、認めたときに再会後のつきあいがスタートしたのであった。

あえて付け加え、くりかえしておくのだが、越境通学の列車で初めて会った昭和二十七年のあの春の日、私たちの乗っている車輛のデッキから客車のなかへ入っていくことはできなかった。そこには墨の消えかかった文字で、「進駐軍の命により此処から日本人の入室を禁ず」とあった。二十日後には占領が解け、独立を回復しようとしていたが、アメリカ軍のために客車が貸切状態になっていた。

その文字を私は指差し、そして二人は小声を揃えて読み上げた。それがNとの会話の始まりであった。それから日の浅いとき、一週間か二週間くらいだろうか、その延長というべきかNとはお互いに共通の感性をもっていると確認した会話があったのだ。

小学校五年生か六年生のとき、教師に引率されての集団映画鑑賞の時間があり、僕らはアメリカの映画を見せられた。

日本の特攻隊の隊員が乗った攻撃機がアメリカ軍の艦船からの砲撃で微塵になっての墜落シーンがあった。すると映画館の一角から拍手が起こり、やがてそれが館内の生徒たちの拍手を促すことになった。のちに知ったのだが、若い女性教師の拍手がきっかけであった。僕も拍手をした。そしてこれは後々まで僕の気持ちを挫けさせた。

その話をすすむさんに伝えた。すると、すすむさんも同じように教師に引率されて、「硫黄島の砂」という映画を見せられたときに、摺鉢山に星条旗が立ったシーンで館内に拍手の波が起こったというのだ。

「多くの日本の兵隊が殺されたというのに、なぜ拍手するのか」

とすすむさんは言い、同級生や教師たちへの反発を口にした。もちろんその苛立ちは表立っては口にしてはいけないことであり、それはお互いよくわかっていたことであった。

Nが私を信用したのは、あのときのことを忘れず、そして長じてもそれを元に、愚直に昭和史を検証していることがわかったからだと言ったことがある。再会した後の二人の思想や価値観は、「戦後」という時空間の積み重なりとともにしだいに離れていったが、この一点にこだわっていることに世代の約束事ともいうべきルールがあると私たちは確認していた。

私はNのようなかたちでの時代への異議申し立てはしない。したがって自分で自分を裁いての死を選択することもできない。しかし、すすむさん、すなわちNの歩んだ道を残された日々のなかであらためて理解しようと思う。歴史の波をかぶっているとはそういうことだから。

それが「僕（私）」のルールである。

あとがきにかえて

あと十日ほどで、Nが自裁死を選んでから五年になろうとしている。晩年は直接に対面で詳しい会話を交わすことはなくなっていたのだが、それでも電話などで話したこともあり、その心中については思い当たる節もあった。

もちろん、いくつも推測できるにせよ、自裁の理由など確たるところは他人に理解できるべくもない。ありきたりの物言いになってしまうが、Nの心中の底には余人には窺い知れない闇があったと思う。それを別な表現で語るなら、闇のなかに光り輝いている一点があると言えようか。その死から一定の時間を経たいま、その闇について、私なりに合点がゆくのだ。Nはその一点を常に見つめながら生きてきたのではなかったか。

その一点こそ、私はNの精神の原像だと思う。

その原像は、生を維持せしめる愛であったり、連帯であったり、使命感として焼き付けられた。Nは家族愛や郷土愛、さらにはもっと根源的な人類愛などをずっと凝視していたのだ。

すすむさんと汽車通学の折々に、ふと会話を止めて長い沈黙が続くときがあった。それは心中に光る一点を見つめていたのだ。私は老いを増すにつれ、その視線に気がついた。この人は人生を貫く姿勢をもっているると感じたのである。

晩年のNの心中を思うと、そこには孤影ともいうべき己の姿があったはずだ。老いていくと、私たちは誰もがこのような自画像を意識するのだが、それはNにとって恐怖でもあったろう。

この場合の恐怖とは、自分が自立性をもたないとか、主体性に欠けるといった意味ではない。Nの孤影には、歴史と時代と、そして人間と真剣に向き合った者だけが感得する感情がともなっていたのだと思えるのである。なにがしかの、歴史のある断面に触れた人物は、その怖さをさまざまなかたちで自覚する。人間として信頼すべきものはなにかを求めて、みずからに問いつづけた末の孤独といってもよいであろう。


Nは真面目で、そして誠実に生きた。つまり格闘を続けて生きた。その姿を私は書き残しておきたかった。本書はその思いで筆を進めたものである。

書き残そうと思い立ったのにはもうひとつの理由もある。Nが亡くなった翌年の夏、札幌での講演会でその死について、なにげなくこんな感想を口にした。

「Nさんは、青年期に触れた東京の政治や先達などの人脈に殺された側面もあると思うのです」

すると思いがけないほどの拍手が起こったのである。

静かな、しかし強い拍手であった。

「すすむさん、聞いたかい」

と私は呟いた。

この拍手をどう理解するか、その解釈は多様である。しかし私は、私たちに流れている北海道の精神にたいする連帯なのかもしれないと感じたのである。Nが、「親友は唐牛健太郎だ」といった意味が、こういう拍手に通じているようにも思われた。執筆を続ける励ましにもなった。私はNと知り合い、交友の機会をもてたことに感謝しつつ、本書を書き進めたことも付記しておきたい。

このような「ある友をめぐるきれぎれの回想」、あるいは「ある友についての折々の断想」を綴るにあたり、『群像』連載中から本書完成まで、講談社文芸第一出版部の横山建城氏に多大のお世話をいただいた。あらためて心から感謝する。また、『群像』編集長の戸井武史氏に深い謝意を表したい。

令和五年（二〇二三）　一月十日

保阪正康

【初出】
『群像』二〇二〇年八月号〜二〇二二年十二月号（全十八回）連載。
＊二〇二一年三月号・五〜十月号、二〇二二年三〜五月号・十月号を除く。
単行本化にあたって、加筆・修正を加えた。

著者：保阪正康（ほさか・まさやす）
1939（昭和14）年、北海道生まれ。現代史研究家、ノンフィクション作家。同志社大学文学部卒業。1972年、『死なう団事件』で作家デビュー。2004年、個人誌「昭和史講座」の刊行など、一貫した昭和史研究の仕事により菊池寛賞を受賞。2017年、『ナショナリズムの昭和』（幻戯書房）で和辻哲郎文化賞を受賞。近現代史の実証的研究をつづけ、これまで約4000人から証言を得ている。『昭和の怪物　七つの謎』（講談社現代新書）、『あの戦争は何だったのか』（新潮新書）、「昭和史の大河を往く」シリーズ（毎日新聞社）など著書多数。

N《エヌ》の廻廊《かいろう》　ある友《とも》をめぐるきれぎれの回想《かいそう》

2023年２月28日　第１刷発行
2023年５月24日　第２刷発行

著　者　保阪正康《ほさかまさやす》
発行者　鈴木章一
発行所　株式会社講談社
〒112-8001　東京都文京区音羽2－12－21
電話　出版 03－5395－3504
販売 03－5395－5817
業務 03－5395－3615

装　丁　長谷川周平
印刷所　凸版印刷株式会社
製本所　株式会社若林製本工場

KODANSHA

ISBN978-4-06-530693-2

N.D.C.916　262p　20cm

出版と権力

講談社と野間家の一一〇年

魚住　昭　著

日本の出版。

その草創期にも転換期にも、彼らが関わってきた……。


「これを読めば大学に行かなくても偉くなれる！」

臆面もなく立身出世を説き、一代にして「雑誌王」に成り上がった初代清治。勃興する帝国日本の大衆の心を鷲づかみにした印刷物は、やがて軍部との抜き差しならぬ関係のなかで変貌していく……。一方、四代省一は敗戦後、総合出版社への転換をなしとげ、国民教育と出版による世界平和の夢を追いつづける。

未公開資料を駆使し、近代出版百五十年を彩る多彩な人物群像のなかに野間家の人びとを位置づけた大河ノンフィクション！

定価：三八五〇円（税込）
※定価は変更することがあります